Tipo Destino

SUSANE COLASANTI

Tipo Destino

E se sua alma gêmea fosse o
namorado de sua melhor amiga?

Tradução
Ana Lucia Guilherme Rodrigues

Novo Conceito

Esta edição foi publicada sob acordo com Viking Children's Books, uma divisão da Penguin Young Readers Group, membro da Penguin Group (USA) Inc.

Esta é uma obra de ficção. Nomes, personagens, lugares e acontecimentos descritos são produto da imaginação da autora. Qualquer semelhança com nomes, datas e acontecimentos reais é mera coincidência.

2ª Impressão — 2013

Produção Editorial:
Equipe Novo Conceito
Impressão e Acabamento Arvato Print 161013

Este livro segue as regras da Nova Ortografia da Língua Portuguesa.

Dados Internacionais de Catalogação na Publicação (CIP)
(Câmara Brasileira do Livro, SP, Brasil)

Colasanti, Susane
Tipo destino / Susane Colasanti; tradução Ana Lucia Guilherme Rodrigues. --Ribeirão Preto, SP : Novo Conceito Editora,2013.

Título original: Something like fate.
ISBN 978-85-8163-261-2

1. Ficção norte-americana I. Título.

13-04229 CDD-813

Índices para catálogo sistemático:
1. Ficção : Literatura norte-americana 813

Novo Conceito
Rua Dr. Hugo Fortes, 1.885 — Parque Industrial Lagoinha
14095-260 — Ribeirão Preto — SP
www.editoranovoconceito.com.br

Para Shawn, que inventou os bilhetes
em código, ainda que de longe

Parte 1

Abril ⁂ Maio

"Se você acredita em coincidência, então não está prestando atenção."

David Life

"O prazer do que aproveitamos é perdido pelo desejo de querermos mais."

Biscoito da fortuna

1

Nunca tive a intenção de que acontecesse daquela maneira. Mas, se tivesse a oportunidade, não voltaria atrás de jeito nenhum.

2

—Por que você está sempre conferindo seu horóscopo? — acusa Blake.

— Por que você não está? — eu digo. — Checar meu horóscopo semanal toda segunda-feira é uma parte essencial da minha vida. É como... tomar banho, ir para a escola, fazer o dever de casa (dependendo da quantidade de trabalho envolvida e do nível de dificuldade). Como hoje é segunda-feira, ler o horóscopo é uma obrigação.

Ele continua:

— Hummm, não sei, talvez porque seja uma bobagem?

Deixo escapar um arquejo de indignação, meio de brincadeira, meio a sério.

— Retire o que disse!

— Não.

— Retire!

— Não, até você provar que horóscopos não são uma bobagem, uma perda de tempo.

— Como se fosse difícil fazer isso. — Agarro meu laptop, que estava deslizando do travesseiro. — Quando estou navegando na internet, gosto de me sentar na minha cama. Mas, quando estou fazendo o dever de casa, sento-me na escrivaninha. A cama é uma área só de relaxamento.

— Vá em frente, então — Blake me desafia.

— Muito bem, deixa comigo. — Estou no melhor site da internet para horóscopos semanais. — Não sei como essa astróloga faz isso, mas ela é assustadoramente precisa toda semana. A mulher simplesmente sabe. É sério! Venho checando o site desde que as aulas começaram e estamos em abril. Portanto já foram uns... 30 horóscopos. O que acho que é o bastante para saber que meu horóscopo é algo em que posso confiar. Ele me ajuda a me sentir preparada para o que quer que aconteça a seguir. Mais ou menos isso.

Não sou fã do Desconhecido. O Desconhecido pode mudar sua vida inteira em um instante. Ele pode tomar tudo de você e nunca mais devolver. Sua vida pode terminar em um instante, antes que você sequer tenha tempo de saber que está tudo acabado.

Não estamos seguros. Não temos o controle.

Desço o cursor pela página do site, procurando.

— Aha! Aqui! — Desço um pouco mais na página: — "Marte e o Urano criativo fundem sinergicamente suas energias na nona casa, expondo você a um mundo de possibilidades empolgantes. Marte, que rege a ambição, está transformando a sua vida e o impelirá na direção de novos limiares e para novas situações. Se continuar a se aferrar à sua rotina confortável, você poderá perder o encontro com novas pessoas, ideias interessantes e..." sim.

— E sim o quê? — pergunta Blake.

— E só... deixa pra lá, o restante não tem a ver.

— Aha!

— Isso não tem a menor importância. A primeira parte tem tudo a ver!

— Então por que a última parte não tem?

— Porque é sobre possibilidades profissionais. É para pessoas que têm empregos.

— Está vendo? Você não tem um emprego.

— Porque estou na escola!

— Exatamente!

— Então sou a única taurina que tem 16 anos? Todos temos idades diferentes!

— Ahã.

— E quanto ao restante? Como você explica que todo o restante seja tão perfeito?

— Tá certo... Novas oportunidades realmente só estão acontecendo com você...

— Não é isso... Esqueça. — A questão não é só o que o meu horóscopo diz. É sobre Astrologia em geral. Realmente acredito que o signo de cada pessoa determina seus traços básicos de personalidade. Eu me encaixo perfeitamente na descrição de Touro: amor pela natureza, busca de conforto e prazer, conexão com a Terra, tranquila, determinada, apaixonada e protetora. É um signo de valor.

— Ei! — Blake agora está sentado na minha cama. — Não fique toda ofendida.

— Não estou — digo. Mas a verdade é que estou, sim. Fico muito sensível quando as pessoas desprezam coisas em que acredito, como se não representassem nada. Como se eu fosse uma doida que fica confundindo fantasia com realidade.

Pessoas que não compreendem Astrologia são sempre do tipo "Por que você se importa com o que diz seu horóscopo? Por que não vive sua vida, simplesmente?". O negócio é que se você sabe o que procurar, pode estar preparado para o que der e vier. Bem, talvez não para tudo, mas pode estar preparado para coisas para as quais normalmente não estaria preparado se não soubesse delas. O horóscopo me ajuda a lidar com o Desconhecido.

Blake se aperta do meu lado. E me olha com uma expressão tipo "O que diz o meu horóscopo?".

Há poucas pessoas na minha vida com quem sempre posso contar. Blake é uma delas. Somos amigos há dois anos e nunca tivemos uma briga. A única pessoa de quem sou mais próxima do que de

Blake é Erin. Ela é a minha melhor amiga há muito tempo. Erin é leonina, o que significa que seu temperamento pode ser um problema. Ela também é corajosa e autoconfiante, o que, às vezes, me deixa com inveja. Não diria que sou introvertida, mas gostaria de ser tão expansiva quanto Erin. Daria tudo para saber qual a sensação de ser tão destemida.

Blake é incrível. Ele é tão divertido! E é superconfiável. Nunca me deixou na mão, nem uma única vez. E, além disso, é muito fofo. Mas não de um jeito que me faça sentir atraída por ele. Bem, talvez eu até me sentisse, se Blake não fosse gay.

Ninguém sabe. Blake não está só "no armário", está bem no fundo do armário. O pai dele o mataria se soubesse que o filho é gay. Sério. Então Blake ficará "no armário" até a faculdade, que é quando ele diz que sua vida de verdade vai começar. Blake dedica muito tempo à escola, por isso seu histórico acadêmico lhe abrirá portas para onde quer que ele queira ir. Ele está sempre falando sobre como a faculdade será incrível, porque finalmente poderá ser ele mesmo, sem precisar se preocupar com sua morte iminente, causada pelo pai insano.

As coisas talvez fossem diferentes se a mãe dele ainda estivesse por aqui, mas ela se casou com outro cara quando Blake tinha 13 anos. E se mudou para a Califórnia. No início, ela ligava para Blake o tempo todo. Agora Blake só tem notícias dela no aniversário.

Todos acham que Blake é hétero. Ele prefere assim. É mais fácil. Além de mim, Blake só sai com mais uns dois amigos. O pessoal da escola nos vê juntos o tempo todo. Já até ouvi rumores de que estamos saindo juntos. Blake considera isso um elogio porque insiste que sou uma "gata". Sempre que ele me chama assim, quase morro de rir. Não me acho nada gata. A menos que você ache que ser baixinha e magrela seja ser gata. Gostaria de ser mais alta e de ter mais curvas, como Erin. Meus olhos castanho-azulados também não colaboram para me deixar mais atraente. Nem meus cabelos lisos e negros, embora sejam longos. Uso uma franja para cobrir a cicatriz na minha testa. Acredite em mim. Não há nada sexy em um rosto marcado.

Tenho certeza de que Blake já teria saído "do armário" se não fosse por seu pai. Não é que ele queira esconder quem é de verdade. Blake não se importa muito com o que os outros garotos pensam. Ele só não quer ter que lidar com o que vai acontecer caso seu pai descubra. As brigas entre os dois são muito assustadoras. O pai de Blake nunca bateu nele ou coisa parecida (o que talvez mudasse se ele descobrisse), mas já ouvi o homem gritar. E algumas das coisas que ele disse provavelmente machucam mais do que qualquer agressão física.

Blake me contou a verdade no último verão, quando passamos o tempo todo juntos. Era óbvio que havia alguma coisa importante acontecendo com ele. Eu jurei que não contaria a ninguém. Nem Erin sabe.

Cliquei em "Capricórnio" para ler o horóscopo de Blake.

— Aha! — gritei. — O que diz o segundo parágrafo?

— Tá certo, tá certo...

— Essa não foi uma pergunta retórica.

— Você está muito mandona hoje.

— E você adora isso. Agora leia.

Blake lê.

— "Se esconder atrás de seu escudo protetor está esgotando você. Com a Lua no dramático signo de Leão, você está sendo inspirado a dar início a uma cruzada pessoal para ter apoio para suas ambições futuras. Mantenha os olhos na recompensa que deseja e continue lidando com as situações insatisfatórias com calma e determinação. Quando a poeira baixar, você sairá vencedor de uma batalha doméstica ou pessoal."

— E então, o que aprendemos? — digo.

— Humpf. — Vejo que Blake está lutando contra o que sente. Ele precisa admitir que há algo de legítimo diante de nós.

— Isso não o faz se sentir melhor sobre as coisas?

— Não me sinto particularmente motivado a sair e dar início a uma cruzada pessoal. Talvez isso se aplique a... daqui a um ano?

— Pode ser quando você quiser.

— Vamos perguntar à Magic 8 ball — diz Blake. Eu tenho uma Magic 8 ball especial, enfeitada com glitter, um brinquedo que usamos para adivinhar a sorte, e que nos dá um número limitado de respostas diversas quando a sacudimos. Sempre a consultamos para assuntos importantes. — Está na hora de eu dar início a uma cruzada pessoal? — ele pergunta. Então, sacode a Magic 8 ball e a vira. — Minha fonte diz que não.

— Ela não disse isso!

— Ahã! — Blake me mostra o resultado na Magic 8 ball.

— Está certo, bem... como eu disse, pode ser quando você quiser.

Eu só espero que esse momento chegue logo. Blake deveria estar vivendo a vida que ele quer viver.

3

Erin está apaixonada.

— Quem é o garoto? — pergunto.

— Que garoto? — ela diz. Não sei por que Erin se dá o trabalho de fingir. Ela sabe que eu sei que há um garoto. Sempre sei.

— O garoto por quem você está apaixonada — falo.

Agora que Erin conseguiu o maravilhoso New Beetle conversível que vinha cobiçando havia séculos (azul-celeste, que é uma cor realmente incrível), não preciso esperar que minha mãe venha me pegar depois da escola. Adoro a sensação de voltar para casa de carona com Erin, como se fôssemos totalmente livres e pudéssemos ir a qualquer lugar. Adoro o porta-flores fofo que ele tem e que sempre mantenho cheio de flores do meu jardim.

Desde que Erin ganhou o carro, ela tem sido incrível ao me dar carona para casa. Tudo é muito espalhado em nossa cidade. Algumas pessoas fazem caminhadas, mas só quando estão com vontade de caminhar, porque, na verdade, não chegam a lugar algum. Eu uso a minha bicicleta para ir a lugares mais próximos, mas é preciso ter um carro para chegar a algum lugar de verdade. Quando Erin me dá carona para casa, acaba levando um bom tempo a mais para voltar da minha casa até a dela. É ótimo ela estar tão empolgada com o carro, porque acaba aceitando de bom grado qualquer desculpa para dirigi-lo.

— Não há garoto nenhum — diz Erin. Ela está com aquele sorriso secreto e os olhos distantes. É óbvio que há um garoto.

— Ah — eu digo —, há um garoto, sim.

— Bem. — Os olhos ficam ainda mais distantes. — Talvez haja um garoto.

— E se houvesse, qual seria o nome dele?

— Jason.

Eu fiz algumas aulas com Jason, mas nunca cheguei a conversar com ele. Agora Jason está fazendo a eletiva de Multimídia com Erin. Ela estava louca por ele quando o semestre começou, mas não conseguiu descobrir o que fazer a esse respeito. Então eles acabaram ficando no mesmo grupo para fazer um trabalho e começaram a conversar.

Na verdade, os dois já vinham conversando um pouco antes disso. Eles tinham um grupo grande de amigos em comum. Eu o chamava de Círculo de Ouro. Era o mesmo grupo do qual eu costumava fazer parte, mas isso antes de o Círculo de Ouro absorver Jason e outro pessoal que eu não conhecia bem. Eu ainda faria parte desse grupo se fosse a mesma pessoa sociável que costumava ser. Ah, e se Bianca não tivesse dado aquele ataque no ano anterior.

Não sei qual foi o problema dela. Acho que Bianca percebeu que eu estava gradualmente me afastando de todo mundo. Não foi uma decisão consciente nem nada assim. Eu só não andava sentindo mais muita vontade de fazer coisas em grupo. Principalmente depois que comecei a achar que andava indo às mesmas festas, nas mesmas casas, com a mesma centena de pessoas. Minha ligação com eles começou a parecer tão superficial...

Bianca acabou se ofendendo.

— Por que você está agindo assim? — ela perguntara. Uma parte do grupo estava passeando no Green Pond, depois da escola, só fazendo bagunça e perdendo tempo. Eu já estava ficando entediada. Encontrei uma pedra grande que se projetava acima do açude e fui sentar lá, sozinha. Bianca me seguiu.

— Agindo como? — perguntei.

— Como se fosse melhor do que nós.

— Não estou fazendo nada disso.

— Então por que não veio com a gente no fim de semana passado?

— Só não estava com vontade.

— Por que não?

— Não sei. Não sabia que era uma atividade obrigatória. — Eu não tinha ideia de por que Bianca estava me perseguindo. A garota parecia ficar mais chata a cada dia.

Bianca respondeu:

— Desde quando você não tem vontade de sair com seus amigos?

— Não é nada disso. Estou aqui, não estou?

— Sim, mas está se divertindo?

— De onde estão vindo tantas perguntas? Eu fiz alguma coisa?

— Você se acha boa demais para sair com quem não é ativista ou seja lá o que for.

— Não acho nada disso!

— Só porque não andamos por aí defendendo o meio ambiente não significa que somos piores — Bianca bufava de raiva. — Fazemos muito pela escola, você sabe disso.

Os membros do Círculo de Ouro são conhecidos por serem simpáticos e prestativos. E fazem um zilhão de atividades escolares. São responsáveis pelo grêmio estudantil e alguns até atuam como monitores no Ensino Fundamental. Erin inclusive vem pensando em fazer isso. São todos populares, mas não loucamente populares, como os atletas. O pessoal do Círculo de Ouro é do tipo que tem sorte o bastante de ter uma aparência decente e de viver em casas decentes, o que significa que eles também têm uma boa quantia de dinheiro para gastar. Eu prefiro que meus pais guardem dinheiro para me ajudar a ir para a faculdade, por isso não me identifico com o jeito materialista do Círculo de Ouro.

Mas faz sentido que Erin ainda seja amiga deles. Ela adora trabalhar como voluntária, principalmente com crianças pequenas, e fez isso por bastante tempo na ala pediátrica do hospital. Erin é a melhor babá que existe, sempre leva um saco de doces quando vai tomar conta de alguma criança. E não fica nem um pouco envergonhada por ainda gostar de todas as brincadeiras que fazíamos quando tínhamos 8 anos. As crianças gostam tanto de Erin quanto ela gosta delas.

Enfim... Depois do embate com Bianca, eu basicamente parei de sair com o grupo, a não ser por Erin. Ainda falava com todos, se eles falassem comigo, mas a verdade é que depois de um tempo o pessoal do Círculo de Ouro parou de falar comigo.

É interessante como se pode conhecer uma pessoa por um longo tempo e, então, um dia simplesmente a vemos de um jeito totalmente diferente. E isso com certeza foi o que aconteceu com Erin em relação a Jason.

— Acho que ele gosta de mim — Erin finalmente admitiu.

— Que legal!

— Todo mundo fica empurrando a gente para ficar junto... eles devem ter razão.

— Talvez Jason tenha dito a alguém que gosta de você e agora todos sabem.

— Você acha?

— Com certeza.

— É claro que fomos colocados juntos no grupo da aula de Multimídia de propósito. A Energia está nos aproximando.

Eu com certeza acredito que tudo acontece por uma razão. Só não estou muito certa se acredito na razão de Erin para ter sido colocada junto com Jason.

Erin acrescentou:

— Jason ficou até mais tarde, ontem, para me perguntar uma coisa que ele poderia ter perguntado para qualquer outra pessoa. Mas ele perguntou a mim!

— Porque ele obviamente gosta de você.

— Acha mesmo?

— É claro. Por que mais ele lhe perguntaria?

— Eu sei! — As bochechas de Erin estavam muito vermelhas. — Ele é tão fofinho...

— É mesmo.

— Você o acha fofinho? — Erin acha que posso conseguir qualquer garoto que quiser. Ela deve ter algum problema sério de falta de noção. Os garotos que se aproximam de mim normalmente são do tipo desagradável, que dedicam a vida a escolher qualquer uma bem diferente deles. Como se isso fosse interessante.

Erin sabe que jamais poderíamos nos interessar pelo mesmo garoto. Não que eu fosse chegar em alguém caso estivesse interessada. Mas, de qualquer jeito, seria impossível, para mim, gostar de um garoto de que ela gosta. Nossos tipos são totalmente diferentes.

— Quero dizer que ele é fofinho para você — continuo.

— Acha mesmo?

— Com certeza.

— Todos os sinais apontam para ficarmos juntos. Eu sonhei que estava tomando uma enorme casquinha de sorvete. Você sabe o que sorvete representa?

Sempre interpretamos nossos sonhos. Erin acredita que o simbolismo dos sonhos prediz o futuro. Já eu gosto mais da análise de sonhos, na qual interpretamos como o simbolismo se relaciona com a situação atual.

Ambas somos obcecadas pelo Destino. Tudo o que nos ajude a ver sentido nesta vida é fascinante. No começo do ano fizemos um quadro com tópicos relacionados ao Destino sobre os quais queremos saber mais. Cada tópico tem seu próprio mês. Durante aquele mês, aprendemos o máximo que podemos sobre o assunto e temos intensos debates sobre tudo o que descobrimos. Até o fim do ano, seremos especialistas em Destino.

Este é o nosso quadro:

Quadro de estudo do Destino de Erin & Lani — Penúltimo ano do Ensino Médio

Setembro	Numerologia
Outubro	Grafologia
Novembro	Mapa astral/signos lunares
Dezembro	Visualização criativa
Janeiro	Budismo/taoísmo
Fevereiro	Xamanismo
Março	Análise de sonhos
Abril	Tarô
Maio	Quiromancia
Junho	Gemologia – Estudo das pedras preciosas

Embora houvéssemos acabado de estudar análise de sonhos, não conseguia me lembrar do que representava sorvete. Ou sequer se eu chegara a aprender isso. É impossível decorar o significado de mais do que alguns poucos símbolos. Decidimos que a chave para a análise de sonhos é checar um site confiável na internet, ou um livro, depois de cada sonho.

— Não me lembro do significado desse — eu digo.

— Simboliza a compensação pela ausência de prazer e prediz que o melhor ainda está por vir. Ah! E o sorvete tinha aquela cor de laranja meio ferrugem. Adivinhe? No dia seguinte, Jason estava usando uma camisa exatamente dessa cor!

— Você está brincando!

— Bem, era quase da mesma cor. — Erin me conta mais sobre Jason e diz que acha, sim, que ele está a fim dela. Mas, como não tem certeza, vai esperar e ver se ele a chama para sair.

— Acha que é uma boa ideia? — ela quer saber.

— Sim... Mas você também podia tomar a iniciativa.

— Mas não é melhor esperar que ele me chame para sair?

— Sim, é, mas não espere demais. E se ele acabar chamando outra garota porque acha que você não gosta dele?

— Se ele realmente gosta de mim, não deveria chamar mais ninguém para sair!

— Eu sei. Só estou dizendo que, se Jason não fizer alguma coisa logo, talvez você devesse fazer.

Se não fôssemos tão amigas, talvez eu sentisse inveja por Erin ter um garoto que gosta dela e eu não. Mas só me sinto feliz por ela. Erin e eu estamos ligadas para o restante da vida. E isso não é o mesmo que sermos melhores amigas. Quero dizer, somos melhores amigas, mas nossa relação vai além disso. Que nome se dá quando duas pessoas compartilham uma história intensa? Quando nada pode separá-las? Irmãs de alma. É isso o que somos desde o acidente.

Só que nos últimos tempos sinto que a nossa relação está mudando. É como se estivéssemos nos afastando... O mais estranho é que isso acabou acontecendo sem que eu percebesse. Não poderia dizer uma única razão por que estamos nos afastando. Talvez seja só o tipo de coisa que acontece quando crescemos. Meus pais mal falam com qualquer pessoa com quem costumavam sair no Ensino Médio. Como isso é possível? A gente se forma na escola e simplesmente deixa os amigos pra lá? Mesmo quando eles parecem significar o mundo todo para nós?

Sei que isso não vai acontecer com Erin. Adoro ser tão próxima de outra pessoa, saber que nossa ligação sempre existirá. Faz com que eu me sinta segura. Só que... se eu for realmente honesta comigo mesma, preciso admitir que já não somos as mesmas Erin e Lani que já fomos. Não sei dizer o quanto da nossa amizade tem a ver com as coisas que ainda temos em comum, ou se tem a ver com a única ligação que teremos para toda a vida.

Mas não importa o que aconteça, sei que posso contar com Erin para qualquer coisa. E ela sabe que eu faria qualquer coisa por ela.

4

Estou tentando não deixar respingar mais tinta. Até agora já fiz cinco cartazes e respinguei tinta azul pelo chão. Pelo menos o chão da minha casa é de madeira maciça, portanto não é impossível limpar.

Para fazer esses cartazes de reciclagem para o refeitório, estou usando cores fortes e letras grandes. Também estou decorando com *glitter* e sublinhando as letras com marca-textos em cores metálicas. Quero que seja impossível deixar de notar a lata de lixo com o cartaz "Garrafas & Latas". Já estou farta de ouvir o pessoal da escola usando a desculpa esfarrapada de que não veem o cartaz todas as vezes que jogam suas garrafas de água na lata de lixo errada. Com meus novos cartazes, ninguém terá desculpa para não reciclar.

Marnie e Bianca supostamente deveriam estar me ajudando, mas desmarcaram no último instante. Gostaria que as duas não estivessem no nosso clube. É tão óbvio que só estão usando o clube para conseguir melhorar o histórico escolar para a faculdade.... Mas Danielle veio por algumas horas. Nós nos tornamos boas amigas depois que me afastei do Círculo de Ouro. Atualmente, tenho mais em comum com Danielle do que com Erin. Ela é a única pessoa na escola que se importa tanto quanto eu em cuidar do planeta.

Sou presidente do One World, o clube de nossa escola para cuidados com o meio ambiente. Um aluno do penúltimo ano do Ensino Médio tem um mandato de dois anos como presidente, por isso, no final do ano que vem, vamos votar para escolher um novo presidente. Acho que posso dizer que meu amor pelo planeta Terra é genético. Minha mãe é especialista em saúde ambiental e meu pai constrói estufas. Eles obviamente têm a questão do meio ambiente em comum, mas mamãe é 15 anos mais nova do que papai. Portanto, as semelhanças terminam aí. Para o meu pai, a noite perfeita é quando ele pode ficar sentado em casa, fazendo palavras cruzadas ou lendo um romance de mistério. Já a minha mãe adora ter vida social. Ela ama conhecer novas pessoas e divulgar seu modo verde de viver. Temos até uma horta orgânica no nosso quintal. Todo verão, mamãe vende os legumes e hortaliças da nossa horta no mercado do produtor.

Todo mundo na cidade conhece a minha mãe. Nós vivemos em uma dessas cidades pequenas de Nova Jersey, parecida com várias outras cidades do estado com nomes como Tranquility, Peapack e Gladstone. Nesse tipo de cidade, é comum que todos se conheçam. Por isso, meus amigos estão acostumados às regras que mamãe impõe à casa. Quando vêm aqui, eles sempre apagam a luz quando saem de qualquer cômodo. E nunca deixam a torneira aberta quando não estão usando a água. Também temos que desconectar a TV e o computador da tomada quando acabamos de usá-los, porque, se ficarem conectados, os aparelhos ainda estarão usando eletricidade, mesmo se estiverem desligados.

Uma coisa de que gosto na minha casa é que temos muita luz natural, portanto não costumamos acender a luz elétrica durante o dia. A casa tem muitas janelas de vidro, tetos altos e espaços abertos. Temos três claraboias e dois pares de portas de vidro, de correr — uma que dá para a varanda do andar de cima e outra para a varanda dos fundos. Essa última leva a um píer onde fica amarrado o barco a remo do papai. Às vezes, ele rema até o meio do lago e para ali para fazer suas palavras cruzadas.

Uma caixa inteira de glitter se espalhou por toda parte. Educar as pessoas nunca é fácil...

Por fim, consigo terminar o cartaz sem sujar mais nada. Então o encosto contra a parede para secar. Meu computador alerta para a chegada de uma mensagem instantânea. É de Erin.

erin: meu Deus, você NÃO vai acreditar!
lani: no quê?
erin: jason me ligou!
lani: mentira!
erin: dei meu telefone para ele hoje, na aula. acabamos de desligar.
lani: detalhes, por favor.
erin: ele queria saber se eu já tinha feito o dever de casa. disse que tinha uma dúvida no dever, o que todos sabemos que é um código dizendo que ele está a fim de mim.
lani: não pareceu uma dúvida de verdade?
erin: é claro que não! e isso não foi tudo. acho que ele vai me chamar para sair.
lani: como você sabe?
erin: é só um pressentimento. ah, e eu disse a ele que gosto dele.
lani: o que aconteceu com a ideia de esperar que ele falasse primeiro com você.
erin: eu esperei! foi ele quem me ligou, você lembra? por isso, como ele me procurou, eu, bem, achei que poderia me adiantar um pouco também.
lani: o que você disse?
erin: só que achava que ele era fofo. e divertido.

lani: e?
erin: e ele disse que não tinha ideia de que eu achava isso.
lani: garotos são tão sem noção...
erin: nem me fale... mas agora ele sabe. portanto é só uma questão de tempo.
lani: vá com tudo.
erin: obrigada, farei isso. e você?
lani: ?
erin: com greg?!
lani: quantas vezes vou ter que lhe dizer? eu.não.gosto.do.greg.
erin: por que não?
lani: *batendo com a cabeça na mesa* hmmm, não sei, talvez porque não tenhamos nada em comum! NADA!
erin: ah. isso.
lani: por que você sempre age como se eu nunca tivesse lhe dito isso?
erin: não sei... talvez pelo mesmo motivo por que você sempre age como se ele não fosse o garoto mais lindo que você já viu.
lani: como se isso fosse a coisa mais importante.
erin: mal não faz.
lani: mas não ajuda se não temos nada sobre o que conversar.
erin: e quem está falando de conversar?
lani: vadia.
erin: pare de falar bobagens a seu respeito.
lani: tenho que ir... preciso fazer mais cartazes.
erin: tchau por enquanto.

Não fico nada chocada por saber que Erin disse a Jason que gosta dele antes mesmo de saber se ele gosta dela. Quando Erin quer alguma coisa, concentra-se totalmente naquilo até conseguir. Ela é destemida assim.

Gostaria de poder dizer a mesma coisa a meu respeito.

5

Em uma escola pequena como a nossa, todos sabem o nome de todos na turma. São 73 pessoas nas turmas do penúltimo ano do Ensino Médio. A maioria de nós está na escola desde o primeiro ano do Ensino Fundamental. Mas isso não significa que conhecemos um ao outro de verdade. Sei da reputação das pessoas, quem anda com quem e como se comportam na sala de aula. Esses julgamentos não são baseados na verdade. Não se pode conhecer realmente uma pessoa, a menos que você seja amiga dela. E, às vezes, nem mesmo assim.

Não me encaixo de verdade em nenhum grupo. Não mais. Gosto de fazer as coisas sozinha. Quer dizer, é claro que me relaciono com o pessoal do One World e obviamente já fui rotulada de abraçadora de árvores. Mas não sou assim tão fácil de ser definida. Não sou popular, mas também não sou impopular. Não sou uma atleta, mas também não sou um desastre nos esportes. Não sou nerd, mas também não sou relapsa. Acho que isso faz com que eu pareça estar na média. Mas isso também não é verdade.

Sempre foi difícil, para mim, encontrar pessoas com quem eu pudesse me identificar. As pessoas do One World são ótimas, mas Danielle é a única de quem sou realmente amiga. Quando tento fazer amizade com pessoas com quem não tenho nenhuma identificação, as coisas normalmente não funcionam. Não vale a pena gastar tanta energia para construir uma amizade com alguém se vai acabar se afastando daquela pessoa de qualquer jeito.

Erin quer que eu e Blake façamos amizade com Jason. Ela não para de dizer como o próximo ano vai ser incrível se nós quatro estivermos fazendo tudo juntos. É como se Erin quisesse que saíssemos em um encontro duplo, ou coisa parecida. A animação dela com o último ano do Ensino Médio é assustadora. Também estou animada, mas só porque é o último ano. Erin age como se o ano da nossa formatura fosse ser uma grande festa, com ela como convidada de honra, o que com certeza não me surpreende. Erin adora ser o centro das atenções. E também ama falar sobre os garotos de quem está a fim. Especificamente, gosta de discutir se o garoto em questão também gosta dela, ou não. Estou certa de que parte do motivo para Erin querer que nós quatro saiamos juntos é podermos conversar sobre Jason depois.

Portanto, vamos todos comer pizza. Blake mal pode esperar para avaliar Jason. Mas o garoto ainda não chegou. Estamos esperando há apenas dez minutos, mas Erin já está ficando histérica.

— Onde está ele? — Ela se estica toda no banco em que está sentada e espicha o pescoço para ver melhor a calçada. Isso me deixa nervosa. Erin tem 1,75 metro e parece prestes a cair.

— Não se preocupe — digo a ela.

— Ele já deveria ter chegado.

— O garoto está só dez minutos atrasado.

— Isso mesmo. E ele nunca se atrasa.

Eu não sei o que dizer, já que aquela é só a terceira vez que eles estão saindo juntos. Não se consegue saber o que uma pessoa nunca faz, quando só se saiu com ela duas vezes antes.

Blake comentou:

— Só sei que, se não comermos logo, vou acabar arrancando os cabelos de alguém. E posso garantir que não serão os meus.

— Você não almoçou? — pergunto.

— Não muito.

— Por que não?

— Não estava com fome na hora do almoço.

— Você é tão anoréxico.

— Deve ser por isso, então, que estou com fome o bastante para comer três pizzas.

— Vamos pedir; quando Jason chegar, a pizza já estará pronta. — Me viro para Erin. — Está certo?

Erin se vira de volta para nós.

— O que disse?

— Podemos, por favor, fazer o pedido? — implora Blake. — Vou acabar desmaiando, e então serei uma companhia nada divertida.

Erin não gosta muito da ideia.

— Não sabemos o que Jason vai querer.

— Estamos em uma pizzaria — explica Blake. — Ele vai querer pizza.

— Sim, mas...

— Sem brigas na mesa, crianças — eu repreendo. Erin deve estar mesmo nervosa. A relação entre ela e Blake normalmente se resume a: Blake adora tudo o que Erin faz e ela se deleita com o brilho da atenção dele. Os dois nem estão brincando do jeito que costumam fazer, um dando em cima do outro de mentirinha, como sempre fazem quando vêm aqui. A princípio, Erin pensou que Blake gostava dela. E ficou desesperada porque não gostava dele. Mas então eu expliquei que Blake também não gostava dela daquela maneira, e tudo ficou bem.

— Está bem — diz Erin. — Peçam. Mas não me culpem se Jason não gostar.

— Vamos pedir queijo extra — anuncia Blake. — Quem não gosta de queijo extra?

Erin volta a se esticar por cima do banco e gira um dos anéis no dedo. Ela usa um milhão de anéis. E sempre fica girando um deles quando está nervosa.

— Se ele não gosta de queijo extra, então é o tipo do cara que não vale a pena — Blake resmunga para mim. Então, ele tenta chamar a atenção da garçonete, que está sentada em uma mesa na parte de trás da pizzaria, tomando café.

— Ele chegou! — grita Erin. Jason está atravessando a rua. Erin acena, mas ele não a vê. O garoto está usando um tênis muito legal. Todos ficamos o encarando enquanto ele entra na pizzaria. Espero que não fique sem jeito por causa disso.

— Oi — diz Jason. — Desculpem o atraso.

— Você está atrasado? — pergunta Erin. — Nem percebi.

Blake revira os olhos.

Jason relanceia o olhar para nós.

Erin continua:

— Ah! Você conhece Blake e Lani, não é?

— Mais ou menos. Oi.

Nós o cumprimentamos também.

Jason se senta no banco ao lado de Erin. Noto que os dois são mais ou menos da mesma altura.

Blake logo pergunta:

— Você não se incomoda com queijo extra, certo?

— Sou louco por queijo extra — confirma Jason.

— Está vendo — Blake provoca Erin, ainda acenando loucamente com os braços, tentando chamar a atenção da garçonete distraída. — Eu lhe disse.

— Você achou que eu não ia querer queijo extra? — Jason pergunta a Erin. Então ele faz uma cara que diz "Quem não iria querer queijo extra?".

— Não, não achei isso. Só disse que talvez você quisesse outros extras na pizza.

— Sou bem minimalista em relação à pizza — diz Jason. — Ela é mais gostosa com menos coisas em cima, sabia?

Erin, que gosta da pizza com mais de dez extras, responde:

— Com certeza.

Jason olha para mim.

— Nós já fizemos Álgebra juntos, certo?

— Sim. — Isso foi há dois anos. Eu me lembro vagamente dele. Alguma coisa envolvendo círculos... — Não era você que desenhava círculos perfeitos?

— Sou conhecido por isso.

— É mesmo? — comenta Erin, toda animada com os círculos.

Jason explica.

— Não. É que fui ao quadro na aula, um dia, e tive que desenhar um círculo, que acabou saindo realmente... redondo.

— O que é sempre uma boa coisa quando se está desenhando um círculo — eu digo.

— Exatamente. — Jason sorri.

— Foi mais de uma vez — eu lembro a ele. Por alguma razão, agora estou me lembrando de tudo. — Foram umas três ou quatro vezes.

— O que posso dizer? — brinca Jason. — Você me pegou.

Estamos ambos sorrindo.

Blake nos encara.

— Então — diz Erin. — O que você quer beber?

Enquanto comemos, Blake enche Jason de perguntas. Esse é o modo de Blake se certificar de que Jason é digno da maravilha que é Erin. Se Jason percebe que está na berlinda, não demonstra.

Quando Blake acaba com sua segunda fatia de pizza e se prepara para pegar a terceira, eu pergunto:

— Está se sentindo melhor?

Ele pisca para mim.

— Muito.

Eu estico a mão para limpar uma migalha de massa de seu lábio. Isso sempre acontece com Blake. Ele come tão rápido que sempre termina com algum pedaço de comida no rosto.

Depois que terminamos, descobrimos que eu e Jason vamos para a mesma direção. Blake e Erin moram para o lado oposto. Jason diz que pode me dar uma carona, para que Erin não precise se desviar do caminho dela. Nos separamos e entro no carro de Jason. Sei que Erin está ansiosíssima com essa carona. Tenho certeza de que ela mal pode esperar para me ligar mais tarde, para descobrir o que Jason falou dela.

O estranho é que me sinto realmente à vontade com Jason. É como se o conhecesse há muito tempo. Como se já fôssemos bons amigos.

Jason vira-se para mim.

— Você almoça no mesmo horário que eu, certo?

— Você almoça no intervalo do quinto tempo?

— Isso.

— Então é no mesmo horário que eu.

— Legal.

Jason mexe no rádio.

— Onde você senta? — pergunto.

— Lá atrás, junto com os idiotas e com os párias.

Eu rio. Jason é o típico Garoto de Ouro: popular, simpático e fofo.

— Está certo... Você é o oposto disso.

— Como sabe? Nos conhecemos oficialmente há uma hora.

— Eu sei.

— Você sabe.

— Com certeza. Sou uma ótima juíza de caráter.

— Uau.

— Aposto que você não sabia disso a meu respeito.

— Como eu poderia saber? Oficialmente só nos conhecemos...

— ... há uma hora. Eu me lembro.

Jason me olha e sorri. Algo muito intenso está acontecendo. É tudo tão diferente de qualquer coisa que eu já tenha sentido antes que nem sei dizer o que é.

— Então, onde você mora? — pergunta Jason.

— Em Lake End Road.

— Não fica perto do lago Echo?

— Sim. Meu quintal é basicamente o lago.

— Por que o lago tem o nome de Echo?

— Meu pai diz que é porque se você gritar de uma das margens, pode ouvir o eco na outra.

— Você já tentou?

— Sim. Mas não ouvi eco algum.

— Ahã. O lugar provavelmente era bem diferente na época em que batizaram o lago.

— É isso o que o meu pai diz.

Jason continua a dirigir e não falamos nada por algum tempo.

— Erin é muito legal — eu deixo escapar.

— Ela é divertida — ele comenta.

Fico esperando que Jason fale mais sobre Erin, mas ele não diz mais nada.

Sinto necessidade de conversar sobre ela. Não que eu esteja fazendo algo de errado, Jason só está me dando uma carona para casa. Não é nada demais... mas alguma coisa está me incomodando.

Eu insisto:

— Nós somos melhores amigas uma da outra há muito tempo.

— Erin me contou. Vocês sofreram um acidente de carro, não foi?

Não consigo acreditar que Erin tenha contado isso a ele. Os dois vêm se falando só há umas duas semanas. É verdade que todo mundo sabe sobre o acidente; quando acontecem grandes novidades em uma cidade pequena, todos acabam sabendo de coisas que não têm nada a ver com eles dois segundos depois de a coisa ter acontecido. Mas isso foi anos atrás. A maior parte do pessoal do colégio não se lembra dos detalhes. Tenho certeza de que alguns até se esqueceram de que algum dia isso aconteceu. Portanto, Jason provavelmente soube do que acontecera, na época, mas já deveria ter se esquecido.

E não havia como ele saber da história toda. A menos que Erin tivesse lhe contado tudo.

— Isso foi há muito tempo — eu digo. — Não gosto de falar a respeito.

— Não, claro. Eu não deveria ter dito nada.

— Não, está tudo bem.

Quando chegamos à minha casa, eu me viro para ele:

— Obrigada pela carona.

— De nada. A propósito, bela casa.

— Obrigada.

— Você sempre morou aqui?

— Sim. Esta casa era dos meus avós, mas eles se mudaram para a Flórida.

— Os meus também. Acho que é parte de uma conspiração essa coisa de o pessoal idoso se mudar para a Flórida.

— Acho que eles gostam de lá porque o clima é quente.

— Ah, é mais do que isso. Acredite em mim.

Gosto dessas gracinhas do Jason, mas não sei o que responder.

— Tenho certeza de que você tem razão — brinco.

Normalmente consigo perceber quando um garoto gosta de mim. Alguns já gostaram. Mas o motivo para eu nunca ter tido um namorado é que todos sempre me pareceram muito imaturos. Quero dizer, saí com alguns garotos, mas sempre sem compromisso. Nunca senti o tipo de identificação com que sempre sonhei.

Até agora.

Isso é péssimo.

Quando Blake me liga, mais tarde, a primeira coisa que diz é:

— Eu nunca vi um garoto olhar para você daquele jeito.

— De que jeito?

— Como se quisesse lambê-la toda.

— Pare com isso.

— Lambê-la como se você fosse um delicioso sorvete de casquinha.

— Podemos não falar disso?

— Como se ele estivesse perdido no deserto.

— Isso vai dar uma confusão...

— Não escolhemos de quem vamos gostar.

— Não gosto dele!

— Bem, ele com certeza gosta de você.

— Duvido muito. E, mesmo que goste, não vai fazer nada a respeito.

— Por que não?

— Porque ele já está saindo com Erin!

— Erin teria que lidar com isso. Não haveria outra escolha. De qualquer modo, eles não estão oficialmente namorando.

— Você está completamente enganado em relação a tudo isso.

— Sorvete de casquinha com uma cereja no topo.

— Vou perguntar à Magic 8 ball. — Pego a bola e digo: — Jason gosta de mim? — Então a sacudo.

— O que disse a bola?

Eu viro a bola.

— Diz que decididamente sim...

— Grande novidade...

— Ele não gosta de mim.

— Você não pode negar a realidade. E daí se a realidade é um pouco difícil? Nós dois sabemos que a vida é tudo, menos fácil.

Não há como Jason estar gostando de mim. E mesmo que estivesse, eu não poderia gostar dele também. Que tipo de pessoa faria isso com a melhor amiga?

6

Estamos fazendo cerâmica na aula de Artes, nesta semana. E eu detesto.

É claro que Connor é ótimo em cerâmica. Ele está parado perto do torno de oleiro, observando meu esforço.

— Tente não apertar demais — comenta Connor.

Minhas mãos estão ao redor de um pedaço de argila que está girando sobre o torno. Minha coordenação motora parece estar severamente afetada hoje. Toda vez que quero diminuir a velocidade da roda, pressiono o pedal com mais força, em vez de mais suavemente. E, sim, já aceitei que meu único talento artístico é fazer cartazes.

Pressiono novamente o pedal com muita força. A argila escapa das minhas mãos e se derrama sobre o torno.

— Ah, que pena — Connor continua com seu tom suave. E me acalma no mesmo instante. — Tente de novo.

Adoro Connor. Ele tem um efeito calmante sobre mim em tempos de crise. Também fizemos aula de Artes juntos, no ano passado. Não que eu quisesse fazer Artes de novo, mas a escola exige que façamos três anos de matérias eletivas criativas. Sempre que estou tendo dificuldades com um projeto, Connor aparece para me resgatar, tranquilo e prestativo. Ele nunca se preocupa com as coisas com que todas as outras pessoas se preocupam. Talvez isso tenha alguma coisa a ver com o fato de ser canadense. Connor se mudou para a nossa cidade no nono ano do Ensino Fundamental, vindo de Montreal. Ele ainda tem um sotaque esquisito e um vocabulário estranho. Hoje mesmo, quando Connor estava conversando sobre aulas de ginástica, eu não tinha ideia do que ele estava dizendo... era alguma coisa sobre "calças de correr".

— Suas o quê? — eu perguntei.

Ele continuou:

— Esqueci minha calça de correr.

Então eu entendi.

— Está querendo dizer sua calça de moletom.

Mas Connor não sabia do que eu estava falando.

Junto novamente a argila. E piso no pedal. Aquela argila precisa saber quem está no comando.

— Pressione bem de leve o pedal — aconselha Connor.

— Eu sei. Estou tentando.

— Então vamos lá.

Tento de novo. Dessa vez não amasso a caneca que estou tentando moldar.

— Está ficando bom, hein? — ele diz.

— Sim, hein. — Essa é outra coisa típica de Connor: ele morre de rir quando alguém imita seu jeito canadense de falar, como dizer "hein" o tempo todo.

Mantenho os dedos juntos e envolvo as mãos nas laterais da argila. Então, lentamente, abaixo meus dedos no topo.

Connor comenta:

— Um pouco mais rápido seria bom.

Eu pressiono meu pé delicadamente mais para baixo, no pedal. Posso sentir o torno trabalhando do jeito que eu quero. Finalmente estou conseguindo pegar o jeito da coisa. Afasto um pouco mais os polegares, ainda pressionando o topo da massa de argila com eles.

Conforme a argila gira, o lugar em que pressiono com os polegares fica mais largo. Posso até dizer que essa é a parte de dentro da caneca.

No dia seguinte, quando vejo que a minha caneca está realmente parecendo uma caneca, fico eufórica. Levo-a para a nossa mesa para mostrar a Connor.

— Olha só! — eu me vanglorio.

— Você arrasa — diz Connor. Ele está envernizando a peça que fez. Depois de envernizarmos nossas peças, vamos colocá-las no forno e estarão prontas amanhã para as levarmos para casa.

— Como você fez isso? — pergunto. Connor fez um jarro lindo. É uma peça alta, o que é muito difícil de fazer no torno. A única vez que tentei fazer alguma coisa com metade daquela altura, minha tentativa se desmoronou e virou um monte de argila de novo.

— Paciência — ele diz — e prática.

— Você está parecendo a minha mãe falando.

— Sua mãe deve ser uma mulher muito inteligente.

— Ela é irritante, isso sim, porque está sempre certa. — Começo a envernizar a minha caneca.

— Eu disse que você podia sentar aí? — Ryan rosna para Sophie, que está sobre a mesa do lado. A garota olha ao redor procurando outro lugar. Não sobrou nenhum.

— Você pode sentar aqui — digo a ela.

Sophie me olha com tanta gratidão que sinto a minha garganta apertada. Odeio o modo como Ryan a trata. Ele é uma dessas pessoas que parece pressentir a fragilidade e então ataca. Todas as vezes que os dois fazem alguma aula juntos é como se ele assumisse a missão pessoal de humilhá-la na frente de todos. E Sophie não é a única que ele odeia. Ryan e seus amigos estúpidos, metidos a espertos, atacam qualquer um que não se encaixe em seus padrões deformados, como os alunos nerds ou os que estão acima do peso. Sophie se encaixa nas duas características.

Ryan também odeia Blake. Não consigo entender o motivo. Blake fica na dele e tenta se misturar com todo mundo. Mas, toda vez que Ryan passa por Blake no corredor, ele o fuzila com o olhar.

No ano passado, Ryan rasgou o trabalho de Inglês de Blake sem motivo algum. Blake estava apenas sentado na sala de aula, esperando que o professor entrasse e recolhesse todos os trabalhos. Ryan foi até a carteira dele, pegou o trabalho e o rasgou em tiras. Eram 15 páginas (15 páginas de verdade, não as do tipo falsificadas, com letras enormes e margens absurdas) e valia a maior parte da nota de Blake na matéria para aquele período. Um monte de alunos viu o que Ryan fez, mas ninguém o acusou. Ryan saiu dessa impune. Blake levou zero. Ele teria que juntar todas as tiras de papel e explicar o que havia acontecido, mas preferiu levar o zero por mais que quase morresse por ter suas notas prejudicadas desse jeito. Acho que Blake tinha uma intuição do motivo do ódio de Ryan. E a última coisa que o meu amigo queria era provocar ainda mais o outro garoto.

— Obrigada, Lani — disse Sophie. Ela colocou sua tigela sobre a mesa, perto da minha caneca.

— Sem problemas — falei. — Ryan é um imbecil.

Olhei para ele com raiva. E ele me jogou um beijinho silencioso.

Imbecil.

Alguns alunos estão observando Sophie passar a perna por sobre o banco. Não tenho certeza se ela se encaixa no espaço entre mim e a irritada menina do segundo ano que está do outro lado, mas torço para que consiga. Já cheguei mais para a ponta do banco que pude, estou quase caindo.

Sophie consegue se espremer entre nós. A garota do outro lado deixa escapar um som de irritação.

— Gosto da sua tigela — digo.

— Obrigada. — Sophie a levanta. — É para a minha irmã, que está na faculdade.

— Que bonitinho.

Todos nos concentramos em envernizar as peças.

Quando finalmente levanto os olhos, Ryan está me olhando de lado. Eu me recuso a deixar que esse garoto me provoque. Simplesmente não acredito em colocar mais ódio no mundo quando alguém está dirigindo uma energia ruim em sua direção. Acho que nosso destino é afetado pela energia ao redor e energia negativa demais pode ser ruim para o nosso destino.

Por exemplo: você pede à Energia por um sinal de que tudo vá ficar bem, então olha para cima e vê escrito “Sim” em um grafite em um muro. Esse tipo de mensagem fica mais difícil de captar quando se está envolvido por uma enorme bola raivosa de negatividade.

Ignoro Ryan. Fico tão irritada por ele tornar a vida de outras pessoas insuportável... Acho que o objetivo da vida é ajudar a fazer do mundo um lugar melhor, e não tornar as coisas piores para todo mundo. Fico me perguntando o que poderia fazer com que ele se desse conta de que está fazendo besteira. É tão trágico pensar que Ryan será assim pelo restante da vida...

Sophie se espanta ao ver o jarro de Connor.

— Seu jarro é tão alto!

— Obrigado.

— Como conseguiu fazer isso?

— Paciência — eu digo a ela — e prática.

— Nossa, Lani — diz Connor —, é isso mesmo. Como você sabe?

— Ah, foi só um palpite.

Ele me dá um sorrisinho afetado e eu retribuo com outro.

— Obrigada por me deixarem sentar com vocês, pessoal — diz Sophie.

— Você não precisa de convite — diz Connor —, pode se sentar com a gente sempre que quiser.

Não tenho a menor preocupação com o carma de Connor. Espero que o meu seja tão bom quanto o dele. Se eu estiver destinada a algum tipo de grandeza, não quero acabar estragando meu destino.

7

Não sei nadar.

Sei o que você está pensando. Alguma coisa do tipo: "Como você pode ter quase 17 anos e não saber nadar?". A questão é que ninguém nunca me ensinou. Quando eu era pequena, nunca fui para nenhum acampamento, ou para a piscina, no verão, ou para qualquer outro lugar onde normalmente se aprende a nadar. Meus pais nunca me forçaram a me interessar pelo assunto e simplesmente não me ocorreu sair e aprender.

Até agora. Vamos ter uma reunião de família no Havaí depois da formatura (tenho 1/4 de sangue havaiano pelo lado da minha mãe). E quero muito nadar no mar enquanto estiver lá. Adoro peixes tropicais. Tenho um aquário enorme no meu quarto, com luzes de neon e arco-íris, e dois peixes-anjo. Meu peixe-anjo francês é Wallace e minha rainha peixe-anjo é Gromit. Ela é a rainha peixe-anjo mais linda que já existiu. E também é a minha favorita. Sei que não se deve escolher favoritos entre nossos animais de estimação, mas acho que o outro peixe não percebe.

Seria incrível nadar com mais peixes tropicais como os meus. Odeio não saber fazer alguma coisa tão básica que todos sabem fazer. Portanto, estou tendo aulas de natação.

De várias maneiras, sou uma pessoa que gosta de água. A água é um elemento da Terra, por isso combina com as tendências de

Touro, o meu signo. Se me sinto muito cansada, tomar um banho é uma experiência totalmente refrescante e terapêutica para mim. Meu banheiro é arrumado como se fosse um spa. Tenho toneladas de géis e de sais de banho, e sou louca por aromaterapia, principalmente pelos aromas de ilangue-ilangue, lavanda e lírio-do-vale. Gosto até de ficar com o cabelo molhado depois do banho, principalmente no verão.

Portanto, gosto de água. Só fico assustada com ela quando vem na forma de lagos e oceanos. Ou de um açude. Ou de uma piscina.

Morro de medo de me afogar.

Afogamento é a pior forma de morte. Desde o acidente, tenho esses pesadelos sobre estar afundando cada vez mais na água, meus pulmões quase não aguentando. Espero que, depois que aprender a nadar, esses pesadelos vão embora.

Minhas aulas de natação são todas às quartas-feiras, depois da escola, no centro recreativo. A única coisa que aprendi até agora foi manter a cabeça acima da água e a nadar cachorrinho. Um tipo de nado cachorrinho muito torto e malfeito. Sou a mais velha da minha turma. Bem mais velha. Mesmo as crianças mais novas sabem nadar cachorrinho melhor do que eu.

Supostamente deveríamos estar treinando com um parceiro. Meu parceiro é, na verdade, o assistente do professor, portanto ele já sabe nadar. Todos os outros alunos têm como par alguém da mesma idade. Para esse exercício, tenho que esticar meus braços e bater as pernas para trás. Só que não consigo. No instante em que meus pés deixam o fundo da piscina, sinto como se fosse afundar e começo a me debater.

Odeio ser tão medrosa. Quero experimentar a sensação deliciosa de deslizar pela água lisa, do modo como imagino que as outras pessoas se sintam quando as vejo nadar. Simplesmente parece que nunca vou conseguir fazer o mesmo.

Meu parceiro discorda.

— Vai conseguir — ele diz. — Depende só de você.

Ele estende as mãos para que eu me apoie nelas. Apoio a barriga sobre elas e estendo os braços à frente. Então, levanto os pés.

Não. Consigo. Fazer. Isso.

Meus pés buscam freneticamente o fundo da piscina. Meu coração está disparado. Nem consigo olhar para o meu parceiro, de tanta vergonha que sinto. Não é que eu ache que ele vai me deixar afundar. Sei que não vai. A questão é que posso até vir a me sentir segura nessa piscina, mas quem vai me salvar quando eu estiver nadando sozinha no mar, onde tudo pode acontecer?

8

Estou muito frustrada com o que aconteceu na aula de natação, ontem. Por que não admito simplesmente que nunca vou aprender a nadar? É melhor esquecer de uma vez essa história de mergulhar e coisas parecidas. Jamais vou conseguir. Obviamente estou destinada a me afogar em algum terrível acidente de barco.

Deveria aceitar meu destino e acabar com essa história.

Temos um novo balcão de saladas no refeitório. Essa deveria ser uma boa notícia. O problema é que as saladas são péssimas. Os idiotas parecem estar jogando as coisas ali. A alface pelo jeito está no mesmo lugar há muito tempo. Até mesmo os pedaços de cenoura estão tentando pular do navio. Por isso, evito o balcão de saladas e deslizo a minha bandeja pelo apoio de metal. Franzo o cenho para as opções de almoço. Já reduzi minhas escolhas a duas possibilidades: ruim ou pior.

Alguém entra atrás de mim na fila e encosta a bandeja na minha. Eu me viro, irritada. Então percebo que é Jason.

— Oi — ele cumprimenta.

— Ah! Não sabia que era você.

— Tudo bem?

— Tudo. Ou... Talvez não.

— Quer conversar a respeito?

— Não muito.

— Tá legal.

Empurramos nossas bandejas para frente.

— Então, com quem você vai se sentar — pergunta Jason.

— Ahn... — Relanceio o olhar para a minha mesa. — Com alguns amigos do One World.

— Ah, legal.

Avançamos um pouco mais com as bandejas.

— Temos uma variedade de deliciosas opções esta tarde. — Jason faz um gesto amplo, abrangendo a comida. — Os aperitivos incluem alguma coisa de batata de aparência suspeita, um monte de fatias de maçãs esfarelando e um negócio verde lá na frente.

— Parece delicioso.

— Com certeza. Passando para as opções de prato principal... ahn... bem, não sei o que é nada disso. Mas há uma substância gelatinosa questionável para a sobremesa, que pode valer a pena.

— É...

— Foi exatamente o que eu disse quando vi.

Há cinco minutos eu me sentia péssima. Não queria falar com ninguém. Agora estou rindo como se não houvesse nada de errado na minha vida.

Quando chegamos ao final da fila, Jason pegou a minha conta do almoço.

— Eu pago. — Ele entrega os nossos cartões para a moça no caixa. Ela passa os cartões na máquina, sem se deixar impressionar.

— Esbanjador — digo a ele.

— Eu sei, certo?

Então, ficamos parados no mesmo lugar, segurando nossas bandejas.

— Então... — Jason continua a falar.

— Bem, até mais — eu digo.

— Tchau.

Estou me sentindo agitada, nervosa. Sento à minha mesa.

— Oi, Lani — diz Danielle. — Recebeu meu recado?

— Sim. Foi hilariante. — Danielle sabe que passei o dia com um humor de cão. Às vezes, quando ela quer me alegrar, escreve bilhetes engraçados e coloca no meu escaninho. Normalmente os bilhetes reproduzem partes de conversas que ela ouviu e que sabe que vou gostar de ler. O último foi sobre como um aluno do último ano do Ensino Médio fumou tanta maconha que só lhe restaram seis células cerebrais. E agora ele está se agarrando a essas seis células.

Não consigo comer nada.

Danielle continua brincando.

— Será que alguém consegue sequer escovar os dentes com apenas seis células cerebrais?

— Acho que a pessoa não deve conseguir nem reconhecer a própria escova de dentes — eu digo. Mas não estou realmente prestando atenção no que ela fala. Não paro de olhar para a mesa de Jason. Ele está rindo com alguns dos Garotos de Ouro todas as vezes que olho.

— Finalmente consegui convencer a Good to Go a se juntar a nós. — Eu e Danielle estamos trabalhando em uma iniciativa para conseguir que lanchonetes parem de acrescentar, automaticamente, uma pilha de guardanapos e um monte de outras coisas nas embalagens para viagem. Já conseguimos que alguns lugares concordassem em perguntar antes se a pessoa quer levar alguma dessas coisas.

— Que legal — comento.

— Sim, mas ainda precisamos entrar em contato com um monte de lugares.

Quando terminamos de almoçar, levanto para jogar o que sobrou no lixo. Jason levanta com sua bandeja no mesmo instante.

Estou separando o lixo comum das coisas recicláveis, mas Jason não faz isso. Ele joga tudo junto na lata de lixo.

Eu não resisto ao comentário:

— Ahn, com licença?

— Oi.

— O que você está fazendo?

— Jogando meu lixo fora. A menos que você queira alguma coisa, ou...

— Trim, trim! Telefone "se toca, camarada"!

Jason fica me encarando.

— O telefone "se toca, camarada" está tocando! É para você!

— Ah, claro. Ahn... alô?

— Oi. Jason está aí?

— É ele falando.

— Você tem consciência de que deveria estar colocando sua garrafa de água vazia na lata azul, para reciclagem?

— Nesta? — Jason aponta para a lata. — Ih, desculpa, esqueci que você não pode me ver. Nesse momento estou apontando para a lata azul, para reciclagem.

— Você está falando da que tem o desenho de garrafas e latas?

— Essa mesma.

Esperei.

— Imagino que eu deva tirar a minha garrafa-d'água do outro lixo — ele conclui.

— Seria um começo.

Jason da uma olhada na lata de lixo cheia.

— Tem macarrão em cima dela.

— Você quer ser responsável por destruir completamente o único planeta em que provavelmente pode viver?

Jason torce o nariz e enfia o braço lentamente dentro da lata de lixo. Ele pega a garrafa e sacode o macarrão que estava em cima dela.

— Está vendo? — eu continuo. — Não foi tão ruim assim, certo?

— Mais ou menos.

— Como você pode não reciclar seu lixo?

— Ah, eu reciclo.

— É mesmo? E quanto àquela garrafa?

— Está certo. Mas eu reciclo, sim. Só que não tudo, nem o tempo todo.

— Você sabe que os aterros sanitários produzem trinta e seis por cento de todas as emissões de metano?

— Eu não sabia disso.

— E que o metano é o gás que mais provoca o efeito estufa? Que é vinte vezes mais poderoso do que o dióxido de carbono?

— Isso eu sabia.

— Portanto, quando você joga alguma coisa que poderia ser reciclada no lixo comum, e seu lixo se torna parte do aterro sanitário, está contribuindo para o aquecimento global forçado pelas mãos do homem e, em última instância, para a destruição do meio ambiente.

Jason parou para pensar.

— Vou lhe dizer uma coisa. Se me convencer de que reciclar esta garrafa fará tanta diferença assim, eu prometo que passarei a reciclar tudo o que for reciclável pelo restante do ano.

— Pelo restante do ano escolar?

— Ahã.

— Mas faltam só dois meses para acabarem as aulas.

— Isso mesmo! — Então Jason sorri como se houvesse acabado de resolver sozinho o problema do aquecimento global.

— E quanto ao restante da sua vida?

— Uau! Isso não é um pouco radical?

— É menos radical do que destruir a Terra.

— Hummm. Está certo. Você conseguiu.

— Ótimo. — Coloco a minha bandeja no lugar devido e volto para a minha mesa.

— Ei!

Eu me viro.

— Sim?

— Não vai me convencer?

— Você logo vai ver.

— Por que não pode simplesmente me falar?

— Isso seria muito sem graça, não acha? Vou fazer gráficos, mapas e mais algumas coisas. Isso tudo vai me garantir um argumento mais convincente.

E vai ser divertido. É uma chance de mostrar a Jason o que eu sei. E de, quem sabe, mudar a vida dele.

9

Às vezes Erin e eu vamos até o centro da cidade juntas. É um ritual que temos desde sempre. Nossas mães costumavam se revezar para nos levar de carro. Agora, Erin dirige e o ritual parece completamente diferente. Antes era como se aquilo fosse um presente especial pelo qual ansiávamos. Mas agora podemos ir sempre que queremos. Acho que poderíamos dizer que a magia do passeio está acabando.

Mas as coisas que gostamos de fazer no centro da cidade ainda são as mesmas:

- ver se a Eye's Gallery tem alguma joia ou bijuteria nova (Erin sempre precisa de mais anéis; eu gosto de colares);
- tomar casquinhas de sorvete Ben & Jerry (sabor Cherry Garcia para mim e sabor Imagine Whirled Peace para ela);
- checar o que há de novo na pet shop (brinquedos para colocar no aquário para mim e coisas para gatos para Erin);
- atacar o sebo (Erin normalmente sai com uma pilha de livros, enquanto eu tenho sorte quando encontro um de que goste);
- passar pelo lugar onde fica a vidente. Quando fazemos isso, finjo que não estou olhando.

A vidente fica sentada diante de uma mesa pequena e redonda perto da janela. Há uma placa pendurada na janela que diz: "Vidente: Adivinhações & Sorte". Tenho vontade de olhar para dentro, mas, ao mesmo tempo, não tenho, por isso normalmente acabo dando umas espiadas rápidas. Tenho certeza de que a mulher sabe o que estou fazendo. Afinal, ela é uma vidente e tudo o mais.

Às vezes penso que a vida seria muito mais fácil se eu soubesse tudo o que vai acontecer. Se o Desconhecido pudesse ser revelado, eu não teria tanto medo dele. Poderia finalmente saber como é ser uma pessoa que não sente medo. Mas a verdade poderia ser feia. E se fosse acontecer alguma coisa horrível comigo novamente? Não sei se conseguiria viver com essa informação.

— Vamos entrar — eu digo.

— Onde? — pergunta Erin. — Lá?

— Sim. Por que não?

— Eu já li a sua sorte.

Na nossa programação só estava previsto aprender quiromancia, a leitura da palma das mãos, no mês seguinte, mas Erin é tão fascinada pelo assunto que já aprendera o básico. Ela leu as nossas mãos algum tempo atrás. Não duvido de seu talento nem quero ofendê-la. Mas essa é a nossa chance de confirmar tudo o que ela disse com uma profissional. Talvez possamos descobrir mais coisas. Erin só aprendeu quiromancia lendo livros, não na prática. Acho que uma pessoa que já faz leitura das mãos há muito tempo pode ver mais coisas.

— Eu sei, mas não seria legal se uma vidente de verdade lesse as nossas mãos? — eu tento animá-la. — Este é o mês do tarô. E ela lê cartas.

Olhamos pela janela. Há um baralho de tarô e algumas velas sobre a mesa. As cadeiras descombinadas são de padrões brilhantes. A vidente não está sentada onde costuma ficar. Talvez esteja nos fundos, almoçando.

— Ela nem está lá — diz Erin.

— Podemos esperar.

— Se ela não voltar em cinco minutos, nós vamos embora.

— Feito.

Erin se vira para mim.

— Aah! Esqueci de lhe contar! Jason e eu estamos destinados a ficar juntos.

— E desde quando isso é novidade?

Nunca tinha visto Erin tão animada com um garoto. Ela só fala de Jason. Quando tento conversar sobre alguma outra coisa, por algum motivo a conversa sempre acaba voltando para ele. Todos na escola estão comentando sobre como Erin e Jason formam um casal fofo, que são perfeitos juntos e se perguntando por que os dois não começaram a sair juntos antes. O Círculo de Ouro está encantado. O mundo todo parece concordar que eles nasceram um para o outro.

— Fiz umas coisas novas na noite passada — continua Erin. — Lembra-se daquele negócio de numerologia que eu mostrei para você, em que pegamos as letras do nosso nome e as letras do nome do garoto de quem gostamos...

— Sim?

— Fiz isso comigo e com Jason e a numerologia mostrou que somos altamente compatíveis. Então fiz nossos mapas e eles disseram que somos almas gêmeas.

— Os mapas astrais lhe disseram isso?

— Com certeza. Bem, não diretamente. Você sabe... é preciso interpretar os resultados e tudo o mais, mas essa foi a mensagem óbvia.

A vidente subitamente aparece. A mulher tem uma aparência exótica, está toda envolvida em camadas e camadas de tecido vaporoso.

— É como se ela soubesse que estamos aqui — sussurrei.

— Ou então acabou a hora de intervalo dela.

A vidente sorri quando nos vê. E acena para entrarmos. Sempre achei que ela seria intimidante. Essa era parte do motivo por que sempre evitei olhar quando passava diante dela. Mas a mulher não é nada intimidante. Parece bem simpática.

— Então... podemos entrar? — pergunto.

— Sim, claro. Mas vocês vão pagar.

— Combinado.

Alguns sinos tocam quando empurramos a porta. Lá dentro, o cenário inclui incensos, tapetes artesanais e arranjos de flores secas. Há uma parede inteira coberta por um mosaico de espelhos recortados em formatos de diamante. Os diamantes são todos de tamanhos diferentes e projetam todas as cores possíveis.

— Estou tão feliz por vocês estarem aqui — diz a vidente. Ela ainda não parece nada assustadora. — Meu nome é Coral.

— Eu sou Lani e essa é Erin.

— Por favor. — Coral nos indica a mesa pequena. É tão estranho estar do outro lado da janela. Eu e Erin nos sentamos nas duas cadeiras de frente para ela. — As duas gostariam que eu lesse as suas sortes?

— Sim, por favor — eu digo, me sentindo como se tivesse quatro anos e estivesse pedindo um biscoito. — Gostaríamos que lesse as nossas mãos.

— Faço leitura das mãos e de cartas de tarô. São dez dólares para cada uma.

Faço um rápido inventário de quanto tenho na carteira e chego à conclusão de que é o bastante para pagar para nós duas, e ainda vai sobrar para uma casquinha de sorvete depois.

— Está certo.

Erin diz para eu ir primeiro, por isso Coral a leva para uma sala de espera e fecha a porta, depois volta para onde estou. Ela senta à mesa, à minha frente. Coral sinaliza para que eu abra a minha mão. Estico a mão sobre a mesa, na direção dela.

— Sua linha do coração é forte. Bem marcada. Você terá grandes amores na vida — diz Coral.

— Mais de um? — eu pergunto. Não tinha certeza nem se teria sorte o bastante de ter um grande amor.

— Sim. — Ela passa os dedos pela palma da minha mão. — Sua linha da saúde não aparece. Isso significa boa saúde. Sua linha da vida é longa e profunda. Você terá uma vida longa e plena. — Coral examina um pouco mais. — Vai se casar. E ter dois filhos.

Que loucura! Sempre tive a sensação de que era exatamente esse o rumo que a minha vida tomaria.

— Sua linha da cabeça e a da vida se juntam aqui — ela continua. — Você pensa mais do que age.

Aquilo era muito verdadeiro. Quando Erin lera a palma da minha mão, também me dissera que eu teria uma vida amorosa feliz e que viveria muito, mas Coral é mais específica.

— Sua linha da cabeça é profunda. Você tem boa memória. É racional. Terá uma boa capacidade mental até uma idade bem avançada.

Tenho vontade de perguntar sobre o meu destino como um todo, mas essa deve ser uma pergunta tola. Afinal, não imagino que exista uma linha do Destino.

Por ser vidente, Carol questiona:

— Você tem uma pergunta?

— Há... alguma maneira de saber sobre o meu destino? Tipo assim... como um todo?

— A linha do Destino. Esta é a linha do Destino. — Ela inclina os meus dedos um pouco para trás. — Está vendo esta estrela, aqui: sob o seu dedo médio?

Eu aceno com a cabeça, confirmando.

— Isso significa que você terá sucesso depois de dez anos de trabalho duro.

É impressionante como é possível dizer tudo isso sobre a vida de uma pessoa apenas a partir de algumas linhas na mão dela. E como as linhas de todo mundo são diferentes. Tenho muitas linhas na minha mão e a maioria delas é funda, mas Erin tem poucas linhas na dela.

— Vejo uma interrupção na linha do Destino — diz Coral. — Nesse momento da sua vida, o Destino vai lhe apresentar um grande conflito.

— Agora?

— É difícil dizer quando alguma coisa vai acontecer exatamente. Só conseguimos ver partes de uma vida. Mas, sim, esse conflito acontecerá logo.

Coral empurra o leque de cartas por cima da mesa, na minha direção. E me pede para cortá-lo uma vez. Então, ela pega algumas cartas e as arruma sobre a mesa. Gosto da previsão dela de que vou conhecer um garoto novo, que vai mudar a minha vida para sempre. Sua interpretação das outras cartas não é nada chocante. Até ela virar a última carta.

— Você está ligada a outra pessoa por um acontecimento trágico, mas esse laço será rompido por outra pessoa.

Espero que Coral explique o que disse. Ela apenas recolhe as cartas.

— Hummm... o que isso significa, exatamente?

— O tempo dirá — é a resposta de Coral.

Então ela me manda para a sala de espera e pede que eu diga para Erin entrar. Agora é a vez da minha amiga.

10

O festival anual de pipas é uma das melhores coisas da primavera. Além disso, indica que as aulas acabarão dali a apenas dois meses e que o tempo está ficando mais quente.

Mas o festival de pipas tem regras.

Não que eu algum dia tenha prestado atenção nelas. Normalmente compareço só para ver todas aquelas pipas incríveis. Então pego emprestada a pipa de alguém para empinar depois. Este ano, vim com Erin e Jason. Ele está inscrevendo sua pipa na competição. Foi o próprio Jason que a fez.

Essa é uma das regras, de acordo com o folheto que estou lendo pela primeira vez. A pipa que a pessoa inscrever na competição tem que ser feita pela própria pessoa, ou alguém tem que fazê-la para você. Muita gente traz as próprias pipas para empinar só por diversão, mas, a não ser que sejam artesanais, não se pode inscrevê--las. Outra regra é que a pipa não pode pesar mais de 2,5 quilos. Algumas delas são tão grandes que não consigo acreditar que pesem menos que isso.

As pipas podem concorrer nas seguintes categorias:

- a maior pipa;
- a menor pipa;

- a pipa mais original;
- a que sobe acima de 50 metros;
- a que alcança o ângulo mais alto;
- a pipa mais forte;
- e a pipa mais estável.

O parque está ficando cada vez mais cheio de competidores e convidados. Para todo lugar que olhamos vemos pipas em cores brilhantes planando ao vento. É incrível como algumas delas são elaboradas. Há as de dragões, as de borboletas e muitas em espiral. Todo o espetáculo é bem impressionante.

Abro uma manta sob uma árvore. Erin abre o cooler e me estende a minha garrafa de água. Sempre carrego uma garrafa de água de aço inoxidável comigo, porque bebo muita água. Simplesmente me recuso a tomar refrigerante. Eles provocam úlceras e não pretendo ter uma delas.

Jason está do outro lado do gramado, olhando para nós. Aceno para ele, que sorri quando nos vê e se aproxima. Em sua camisa está preso um broche com o número 15, que é o seu número no concurso de pipas.

— A droga é que estou na categoria de adultos — ele nos conta. O folheto diz que a categoria de adultos começa a partir dos 16 anos. — Eu teria dado uma lição nesses garotos mais novos.

— Todo mundo conhece seu talento com as pipas — diz Erin. — Foi por isso que o colocaram com os adultos. Os mais novos acabariam ficando muito assustados. — Ela pula e joga os braços ao redor de Jason. Ele a abraça também.

A pipa de Jason parece uma gigantesca espiral com todas as cores e formas legais que ele colocou. Adoraria saber como ele a fez.

— Como você decidiu a forma que daria à sua pipa? — pergunto.

— Principalmente por causa da aerodinâmica. E também por causa de uma história longa e chata que não vou contar a vocês.

— Ei — falou Erin. — Você nunca me contou essa história.

— Deve ser porque é longa e chata.

— Em quais categorias você está competindo? — pergunto novamente.

— Na de qual sobe acima de 50 metros e qual alcança o ângulo mais alto.

— Ah. — Aceno com a cabeça como seu soubesse o que "qual alcança o ângulo mais alto" significa. O folheto não explica exatamente.

Jason coloca a pipa com cuidado sobre a grama. Então abre o cooler e investiga o que tem lá dentro.

— Há algum refrigerante de uva aqui?

— Desculpe — fala Erin. — Não temos nenhum.

Ele pega uma água, então. Erin está passando filtro solar, mesmo que ainda seja abril e não tenha calor algum. Aprendemos sobre a importância de usar filtro solar da pior maneira no ano anterior, também no festival de pipas. O dia estava exatamente como esse — fresco e parcialmente nublado. Erin nem pensou na possibilidade de trazer o filtro solar. No dia seguinte, na escola, os braços dela estavam tão vermelhos que todos começaram a chamá-la de "braços de lagosta". Erin ficou arrasada. Minha pele é naturalmente mais escura, como se eu estivesse sempre bronzeada. Por isso, ficou difícil perceber que eu também estava um pouco queimada de sol.

Jason se senta com a gente sobre a manta.

— Então, o que significa exatamente essa história de "pipa que alcança o ângulo mais alto"? — eu pergunto a ele.

— É como se você ficasse parado em um único lugar, entende? O ângulo mais alto é o quanto a pipa chega mais perto de ficar sobre o topo da sua cabeça.

— Ah! Que legal.

— Para essa categoria, nós todos ficamos parados, uns do lado dos outros, e o juiz examina o ângulo em que a pipa está em relação ao horizonte.

— Eu me lembro da categoria "acima de 50 metros" do ano passado — falou Erin. — Você tem que manter a pipa voando alto o tempo todo, certo?

— Exatamente. — Jason olha para mim. — Você estava aqui no ano passado, também?

— Eu venho todos os anos. Adoro pipas.

— É mesmo?

— As pipas são incríveis! Também adoro balões de ar quente.

— Já andou em um?

— Não, mas sabe que às vezes eles descem perto de Smoke Rise?

— Nossa. Já estive lá várias vezes.

— Quando eu era pequena, sempre que víamos um balão de ar quente, eu entrava no carro com a minha mãe e nós o seguíamos. Então saíamos do carro para observar o balão aterrissando.

— Sua mãe parece ser legal.

— Oi, Erin! — Um menino veio correndo até onde estávamos. Ele parecia ser do quinto ou do sexto ano. — Eu não sabia que você viria!

— Onde mais eu poderia estar? — Erin se inclina para abraçar o garoto risonho. Ele está feliz por vê-la, do modo como os garotos sempre ficam quando estão perto de Erin. Ela já foi baby-sitter de metade dos garotos da cidade. — Chris — diz Erin —, você conhece Jason, certo?

— Ah, conheço — fala o garoto. — Oi.

— Oi — cumprimenta Jason. Ele não recebe um abraço de Chris.

— E essa é a minha amiga Lani — diz Erin. — Sou monitora de Chris — ela me conta.

Erin começou a ser monitora de alguns alunos do Ensino Fundamental no meio do ano, com Jason. Ele já era monitor desde o ano passado e não parava de dizer a Erin que ela adoraria ser também. Foi fácil convencê-la. A única razão pela qual ela demorou mais um pouco foi porque precisou dar um jeito de acomodar a nova atividade em sua agenda cheia. Principalmente porque a agenda de Erin agora privilegia cada vez mais um tempo de qualidade com Jason.

— E como está indo em Matemática? — pergunta Erin.

— Não estou chegando a lugar algum — diz Chris. — A parte do meu cérebro que deveria saber Matemática simplesmente não funciona.

— Funciona, sim. Vou ajudá-lo um pouco mais. Você vai ver.

— Espero que esteja certa.

— Então, onde está a sua família? — pergunta Erin.

Chris aponta para uma área cheia de crianças pequenas. A mãe dele está, ao mesmo tempo, tentando fazer um bebê parar de chorar, evitando que dois meninos pequenos se matem e amarrando um laço no cabelo de uma menina.

— Por que não vai ajudar sua mãe? — Erin sugere. — Vejo você na terça-feira, certo?

— Certo! — responde Chris. — Tchau, Erin! — E ele sai correndo em disparada na direção da mãe.

— Vou pegar uma raspadinha — avisa Erin. — Quem quer uma?

— Eu não quero — responde Jason.

— Eu quero — falo.

— De cereja? — pergunta Erin.

— É claro.

Então ficamos só nos dois.

Jason coça o joelho.

— Tem alguma maçã aí?

— Hummm... — Eu checo no cooler. — Só sobrou uma.

— Legal. Posso ficar com ela?

— Essa é minha.

— Sua?

— Sim. Eu a chamei há uma hora mais ou menos. Você não ouviu?

— Não...

— Azar o seu.

— Proponho uma disputa de pedra-papel-tesoura para disputarmos essa maçã.

— Combinado.

Preparamos nossos punhos. Jason dispara:

— Pedra-papel-tesoura, já!

Eu coloco tesoura e ele, papel.

— Aah — digo. — Outro azar.

— Melhor de três.

— Você não disse isso antes.

— Estou dizendo agora.

— Agora não conta. Você tinha que ter dito antes.

— Quem disse?

— Essas são as regras. Você não conhece as regras?

— Ah — diz Jason —, eu sou as regras.

Bebemos nossas águas.

— Quando é o seu aniversário? — pergunto.

— No dia primeiro de outubro.

É claro que Jason é de Libra. É charmoso, simpático, de bom trato e idealista. Todas as características clássicas dos librianos. Eu estava torcendo para que fosse um signo compatível com Touro e incompatível com Leão. Isso é interessante... Jason, na verdade, não é compatível com nenhuma de nós duas.

Espera aí, o que estou pensando? Somos só amigos. Estou feliz por Erin. A vida é boa.

— Por quê? — pergunta Jason.

— Estava só pensando. Meu aniversário está chegando, então...

O sol bate nos olhos de Jason de um modo que fica difícil olhar para ele. O garoto tem olhos azul-esverdeados incríveis.

Tenho. Que. Parar. De. Olhar.

— Onde está Blake? — Jason interrompe meu devaneio.

— Ele não é tão fascinado por pipas quanto eu.

Jason acena com a cabeça daquele jeito contemplativo que eu já havia percebido antes. Um jeito do tipo: "alguém que não é fascinado por pipas. Estranho".

— Então... ele está em casa, ou...?

— Acho que sim. Não sei.

Jason dá um gole na sua água.

— É legal vocês não serem um desses casais que têm que fazer tudo junto, sabia?

Oh, meu Deus. Jason acha que Blake é meu namorado? De onde tirou isso?

— Blake não é meu namorado — digo.

— Não?

— Não. — Quero explicar. Mas obviamente não posso.

— Ah. — Jason dá um sorrisinho. E bebe mais água para escondê-lo.

Uma coisa que aprendi sobre os garotos? Quando eles perguntam se você tem um namorado (ou dizem que você tem um, só para confirmar se é verdade ou não), isso significa que estão a fim de você e estão tentando descobrir se você está disponível. Mas não há como Jason estar interessado em mim. Ele gosta de Erin. Ela e eu somos tão diferentes que seria impossível Jason gostar das duas. E mais, se ele gostasse de mim, teria me convidado para sair.

Certo?

11

Venho sentando com Jason na hora do almoço durante toda a semana, desde o festival de pipas. Sentar juntos não deveria ser nada demais. As pessoas deveriam poder se sentar onde quisessem.

É claro que as coisas não são assim tão simples.

Meus amigos estão agindo como se eu os estivesse insultando. O Círculo de Ouro continua nos olhando de cara feia. Bianca parece particularmente ofendida. Ela fica nos encarando sem parar, como se isso que ela está fazendo fosse um comportamento aceitável. O que me torna mais determinada a agir como quero. Me recuso a deixar que aquele pessoal me controle com sua negatividade.

Na "mesa de Ouro", Greg se levanta. Ele sorri para nós. E acena.

Jason o ignora.

— Greg está acenando para você — digo.

— Não, ele não está.

— Hummm... Acho que está.

— Aquilo não é um aceno de verdade. Ele está sendo sarcástico.

— Como sabe?

— Ele está enchendo a minha paciência porque troquei de mesa. Parece uma ofensa federal ou alguma coisa parecida.

— Meus amigos também não gostam. Acho que estão se sentindo ofendidos. Mas não é como se não fossem mais meus amigos!

Estou só me sentando em outro lugar. Por que isso tem que ser um acontecimento tão importante?

Não há como estar aqui com Jason e não querer me sentar com ele. Espero que ele se sinta do mesmo jeito, porque foi Jason quem me pediu para me sentar aqui, porque não daria para nos sentarmos juntos na "mesa de Ouro". E Jason não iria até a minha mesa para se sentar com um bando de garotas que ele não conhece. Por isso, estabelecemos um novo território para nós.

— Isso me irrita — ele fala.

— Eu sei — digo. — Mal posso esperar pelo próximo ano. — Os alunos do último ano podem deixar a escola para almoçar. Podem ir para casa, a uma lanchonete ou à pizzaria. Já nós, do penúltimo ano, temos que ficar enfiados neste refeitório infernal pelo restante do ano. — É tão injusto. Olha como é legal poder sair.

— Fico furioso.

— Achei que só ficasse irritado.

— Cara, são as duas coisas. Está saindo do controle.

— Quero tanto ir almoçar na lanchonete no próximo ano. — A lanchonete é antiga e parece estar no mesmo lugar há, tipo, uns cem anos. Você entra e tem um balcão comprido onde pode se sentar em um daqueles bancos antiquados. Os sanduíches de lá são gostosos e baratos. É divertido fingir que estamos na década de 1960 por um tempo.

Bianca está nos encarando. De novo.

Bloqueio as energias negativas dela.

— Vamos fazer uma coisa — diz Jason. Ele pega um caderno. Na verdade, um caderno muito bem-arrumado para um garoto. Não há páginas se soltando, todas amassadas.

— Belo caderno — comento.

— Acha mesmo?

— Sim.

— Por quê?

— Não está caindo aos pedaços.

— Ah! Por isso. Tento aplicar meus talentos para a organização sempre que possível. — Jason arranca uma página. Alguns pedacinhos de papel da parte espiral voam ao nosso redor. — Gosta de códigos?

— É claro que sim.

— Boa resposta.

— O que está querendo dizer com códigos?

Jason ri.

— Gosto de inventar códigos para que ninguém descubra o que estou escrevendo.

— Para passar bilhetes secretos e coisas assim?

— Exatamente.

— Adoro isso! — Não sei como ele consegue, mas Jason sempre aparece com essas ideais divertidas e bizarras. Até agora, durante a semana em que estamos sentando juntos, ele já me mostrou como:

- observar uma conversa do outro lado do salão e inventar um diálogo para ela;
- usar uvas e tiras de queijo como um ábaco;
- usar a previsão do tempo para prever o humor dos professores.

Dou uma olhada em minha mesa habitual. Danielle está conversando com outros garotos do One World, com o corpo virado de lado, quase de costas para mim, comendo as minicenouras que sempre traz para o lanche. Observo enquanto ela mexe nervosamente nos óculos. Danielle sempre faz isso quando está nervosa. Gostaria que ela olhasse para mim. Sorrio para que perceba que não a estou ignorando ou coisa parecida. Ela não está entendendo direito por que deixei de me sentar à mesa de sempre. Não sabia que Danielle seria tão sensível a esse respeito. Quero dizer, ainda nos vemos todos os dias. Ainda somos boas amigas. Só porque estou me sentando em uma mesa diferente não significa que nossa amizade será afetada.

Bianca ainda está encarando. Não sei por que o Círculo de Ouro nos acha tão fascinantes. Não há drama algum acontecendo aqui. Erin sabe que eu e Jason sentamos juntos. Ela diz que isso vai me dar a chance de descobrir o que Jason pensa dela, por isso não se importa. Não sei se Erin pensa que só estamos sentando juntos por alguns dias, em uma situação temporária, mas o ano está quase acabando e... acho que na verdade não importa.

— Então, vou pegar isso... — Jason pesca um lápis na mochila. — A primeira letra de cada palavra representa uma letra da sua mensagem. Você usa pontos para separar palavras. Assim... — Ele escreve alguma coisa no papel. — Aqui está.

Jason me passa o que escreveu:

Ovos imensos. Gatos angorás roendo ovos tão amarelos.

Fico confusa.

— Gatos roem ovos? — Obviamente não tenho muita experiência em decifrar códigos.

— Não importa o que diz — explica Jason. — A frase não precisa fazer o menor sentido. Só o que importa é o código.

— Entendo...

— Então, o que diz a mensagem?

Pego o lápis da mão dele e escrevo a primeira letra de cada palavra que ele escreveu. Quando vejo o quanto é fácil chegar a "Oi, garota", fico com vergonha de escrever qualquer coisa.

A letra de Jason é fascinante. Aprendi sobre grafologia em outubro, mas ainda me lembro de algumas coisas. Ele tem a letra inclinada para frente, alta. Isso indica expressividade emocional e otimismo. Também percebo que Jason faz bastante pressão com a caneta quando escreve, o que significa que é uma pessoa intensa.

— Demais — digo. — Foi você quem inventou?

— Não consegue acreditar que sou tão brilhante?

— Na verdade, não.

— Agora é a sua vez.

Há algumas coisas que eu realmente gostaria de dizer a ele, mas não posso falar nenhuma delas. Portanto, escrevo:

Cenouras ótimas da ilha gêmea ontem. Cada elefante roxo tem olhos?

Passo para ele.

— Não tinha certeza se era permitido usar pontos de interrogação.

— Ah, pode, sim. Se combinarem com a frase do código.

— Essa combina.

Jason examina o papel por algum tempo.

— Mais uma. — Ele escreve alguma coisa e me passa.

Ser intenso machuca.

— Ei! — digo. — Essa frase realmente faz sentido! — É estranho porque acabei de pensar no quanto ele era intenso e Jason escreve exatamente sobre isso. Não que eu vá compartilhar essa informação. Não quero que ele fique pensando que sou uma dessas garotas horríveis que ficam analisando a letra dos outros, ou coisas assim.

— Isso mesmo. Você ganha bônus por isso.

— E que tipo de problemas você está tendo por ser intenso, que estão o machucando?

— Como sabe que eu estava me referindo a mim?

— Porque você é um cara intenso.

— Você me acha muito intenso?

— Ainda não sei dizer.

— Esse código funciona em alguns níveis diferentes. Por exemplo, toda vez que eu disser sim, posso estar querendo dizer essa frase que escrevi.

— Que prático. — Já posso dizer que Jason é realmente intenso. Ele entende coisas que a maior parte dos garotos não entende. E parece mais consciente do que a maioria das pessoas. Dá para ver isso nos olhos dele. Eu com certeza consigo ver, quando Jason olha para mim. Principalmente quando a cor dos olhos dele muda. Às vezes, estamos conversando e rindo e, de repente, é como se um interruptor fosse ligado e Jason fica muito sério. Então seus olhos mudam da cor normal, azul-esverdeado, para um verde muito mais escuro.

Quando isso acontece, é definitivamente intenso.

— Todo cara intenso se machuca? — pergunto.

— Só quando se vê em situações difíceis.

— Como...?

Jason fica com aquela sua expressão séria. Seus olhos ficam verde-escuros.

Aperto, entre os dedos, a turmalina que trago pendurada no pescoço por uma corrente de prata — sempre a uso, mesmo quando não estou usando outros colares. Turmalinas têm o poder de restaurar o equilíbrio. Ela me estabiliza quando estou me sentindo instável.

Agarro com força a turmalina e digo:

— Você quer dizer... como quando a pizza esfria e você não a quer mais?

Jason abaixa os olhos para a fatia fria de pizza à sua frente.

— Sim — ele responde. — É exatamente o que quero dizer.

Ambos sabemos que isso não é verdade.

Ou talvez eu seja a única a sentir isso. Jason fez a sua escolha. E não sou eu. Portanto, preciso aceitar que ser só amiga dele não vai ser fácil para mim, mas é melhor ser amiga do que não ser nada.

12

Hoje é o dia do meu aniversário. É muito legal o jeito como a Astrologia determina totalmente quem você é. Como quando estudei sobre mapas astrais. Foi aí que descobri sobre meus atributos básicos:

5 de maio:

- revolucionária;
- com vários talentos;
- inteligente;
- moderna;
- criativa.

Também descobri que tenho a Lua em Aquário. Acho que as características do meu signo lunar são as mais precisas.

Lua em Aquário:

- sente-se atraído por Astrologia;
- apoia grandes causas;
- ideias fortes;
- humanista verdadeiro;
- interesses excêntricos.

A Lua e as estrelas nos conhecem. Essa é mais uma prova de que tudo está conectado.

Erin e Blake vão vir aqui em casa hoje à noite. Erin quis trazer Jason, por isso ele também vem. Não convidei mais ninguém. Detesto festas grandes quando elas são para mim. Estava pensando em convidar Danielle, mas, quando mencionei isso a Erin, ela rapidamente me convenceu do contrário.

Eu estava dizendo:

— Eu devia convidar a Danielle.

Erin disse apenas:

— Ah... — Daquela maneira que deixa claro que uma pessoa sente certa repulsa por alguma coisa.

— O que foi? — perguntei.

— Nada. É só que... você acha que é uma boa ideia? Quero dizer, ela não conhece bem a gente.

— Ela me conhece. — Erin tem problemas com Danielle. Ela fica chateada porque Danielle e eu ficamos amigas depois que rompi com o Círculo de Ouro. Se dependesse de Erin, nada teria mudado. Danielle e diversão não são exatamente sinônimos na cabeça de Erin. Elas nunca saem juntas, o que é ótimo para Erin.

— Sem ofensa — continuou Erin —, mas seria muito melhor se fôssemos só nós quatro. Você é a única de nós que Danielle conhece. Não acha que ela acabaria se sentindo deixada de lado?

Erin não deixava de ter razão. Danielle poderia acabar se sentindo constrangida se eu a convidasse.

Portanto, decidi não convidar Danielle. Quando ela perguntou o que eu ia fazer no meu aniversário, disse a ela que só queria ficar sozinha, porque realmente estava precisando de um pouco de tempo para mim. Detestei mentir para ela, mas não tive nenhuma outra ideia do que dizer.

O One World preparou uma festa pelo meu aniversário, em nossa última reunião, no dia anterior. Danielle até fez um bolo. Ninguém estava zangado com a minha mudança de mesa na hora do almoço. Na verdade, as coisas só ficam estranhas com Danielle na hora do almoço. Quando saímos juntas, como normalmente fazemos, tudo parece do mesmo jeito de sempre. Minha mãe preparou um enorme café da manhã de aniversário hoje. Como parte do presente deles, meus pais vão passar a noite na cidade, para que possamos ter a casa só para nós. Parece mais um presente para eles, mas mesmo assim é legal. Vamos pedir alguma comida e ver filmes.

Estava pensando no que aconteceu outro dia com os bilhetes em código. Decidi que não foi nada. Jason não gosta de mim. E não posso gostar dele.

Obviamente não foi nada.

Blake não concorda.

— Ela vai trazê-lo aqui? — Blake acha que sou louca por ficar perto de Jason com Erin no mesmo cômodo. Ele não consegue acreditar que Erin não percebeu que Jason gosta de mim quando estávamos no festival de pipas. Tentei explicar que Erin não percebeu porque não há nada para perceber. Ele está convencido de que estou em um processo de negação. E não apenas sobre Jason gostar de mim. Blake acha que eu também gosto de Jason.

— E daí? — pergunto.

— E daí? Está falando sério?

Estou escavando uma gaveta da cozinha, cheia de tralhas, em busca de cardápios de lugares que entreguem em casa. Raramente os usamos, já que a minha mãe cozinha quase toda noite.

Blake continua.

— É óbvio que ele gosta de você...

— Você pode, por favor, não dizer isso? — interrompo.

— Posso terminar?

Volto a procurar os cardápios na gaveta.

— Como eu estava dizendo — continua Blake —, é óbvio que ele gosta de você. Assim como é óbvio que você gosta dele.

— Por que não para de dizer isso?

— Por que não para de negar?

Eu deixo a gaveta de lado.

Blake segue em frente.

— Você sabe que os sentimentos de algumas pessoas ficam escritos no rosto delas?

— É mesmo?

— Você deveria se ver quando Jason está por perto. É como se vocês dois tivessem uma conexão instantânea.

— Só porque duas pessoas têm afinidade, isso não significa que gostem uma da outra.

— Não. Mas no caso de vocês isso é verdade.

— Se é assim tão óbvio, então por que Erin não disse nada?

— Por favor, você sabe muito bem como é aquela ali. Erin vive completamente mergulhada em seu próprio mundo. Está certo, é um mundo fabuloso, mas ela basicamente só vê o que quer ver.

Uma coisa era Blake brincar comigo sobre o modo como Jason me olhou quando saímos para comer pizza. Outra coisa completamente diferente é ele estar falando sério. Blake provavelmente só está captando as minhas vibrações e projetando-as em Jason. Ele também parece estar confundindo o fato de termos coisas em comum com estarmos atraídos um pelo outro. São duas coisas totalmente diferentes.

— Certo? — pergunta Blake.

— Não estou confirmando nem negando meus próprios sentimentos, mas acredite em mim. Jason gosta de Erin. É por isso que ele está saindo com ela.

Há várias razões por que Jason não pode estar gostando de mim. Mas ainda não consigo parar de pensar na leitura da minha mão e no que disseram as cartas de tarô. Como a coisa de que eu terei mais de um grande amor na minha vida. Ou como a minha linha do Destino mostra que um enorme conflito logo acontecerá.

Poderia ser um rompimento entre mim e Erin, por algum motivo...

A campainha toca.

— Posso colocar a cabeça nessa gaveta e fechar agora? — digo, meio desesperada para Blake.

— Agora não. Você tem visitas.

— Está bem. — Eu respiro fundo. — Posso fazer isso. Não é assim tão sério.

— Ainda não — murmura Blake.

— O que disse?

— Vá atender à porta, garota. Um passo de cada vez.

— Ha, ha, ha. — Eu converti Blake completamente à Astrologia. Agora lemos nossos horóscopos semanais juntos. Nesta semana, meu horóscopo dizia que eu me depararia com um grande desafio e que a melhor maneira de enfrentá-lo seria dando um passo de cada vez.

No fim, consigo chegar à porta. E sorrio ao ver o monte de balões que Erin traz para mim. Ajo normalmente (ou ao menos como acho que ajo normalmente). Mas não posso parar de me perguntar por que não neguei quando Blake disse que eu gostava de Jason. Deveria ter dito simplesmente que ele estava errado. Então tudo ficaria bem.

Depois de jantarmos, de assistirmos a dois filmes, de comermos o bolo e de uma partida hilariante de Twister, Jason e eu estamos sentados no balanço da varanda dos fundos, enquanto Erin e Blake continuam a jogar mais Twister. Não sei como acabamos nos dividindo em pares desse jeito. Talvez Blake tenha alguma coisa a ver com isso. Eu estava rindo tanto quando jogava que achei que acabaria estourando um dos meus pulmões. Então disse que ia parar um pouco e Jason disse que viria comigo aqui para fora. Foi quando Blake desafiou Erin para outro jogo. Agora, aqui estamos.

Minha varanda dos fundos se eleva sobre o lago. Quando estamos na varanda, parece que estamos flutuando sobre a água. É muito tranquilo. Podemos ouvir "Transatlanticism" tocando através da janela aberta. Essa é uma das músicas que eu escolheria levar para uma ilha deserta. Death Cab é uma banda incrível.

— Gosto daqui de fora — diz Jason.

— Eu também.

— Você pode ver os trilhos mortos através daquelas árvores ali.

— O quê?

— Antigos trilhos de trem. Partes de uma estrada de ferro que não é mais usada, mas os trilhos continuam ali. O trem costumava seguir pelas margens do lago.

— Há quanto tempo foi isso?

— Não sei. Há uns cinquenta anos, talvez...

— Como sabe de tudo isso?

— Meu avô era maquinista de trem. Costumávamos dar longas caminhadas quando eu era pequeno, subindo e descendo por esses trilhos. Ele me mostrou um monte de lugares secretos por onde os trilhos passam.

— Que legal!

Uma brisa suave sopra sobre o lago. As noites de maio são deliciosas. O ar está leve. Quando chega julho, o ar é tão quente e úmido que costuma nos atingir como um soco assim que saímos de casa.

— Ainda caminho por eles — diz Jason. — Pelos trilhos.

— É mesmo?

— Sim. Meu avô costumava dizer que qualquer problema que eu tivesse poderia ser resolvido enquanto andava sobre aqueles trilhos. Ele dizia que eu conseguiria encontrar todas as respostas ali.

Como isso seria perfeito, não? Eu poderia ter um bom uso para esse tipo de mágica nesse exato momento.

— E você acredita nisso? — pergunto.

— Para mim, funciona. Sempre que estou com alguma coisa na cabeça, caminho pelos trilhos. Minhas ideias logo clareiam.

— Eu costumava ter um diário. E acontecia a mesma coisa. Assim que escrevia sobre os meus problemas, era como se eles já não fossem tão sérios.

— Exatamente. Assim que os colocamos para fora, estamos livres.

Jason me entende. Ele entende até as coisas que nem mesmo eu sabia que estava tentando dizer.

— Talvez você possa vir comigo algum dia — ele continua.

— Aonde?

— Para uma caminhada.

— Está certo. Quero dizer, talvez. Não que eu não queira. Parece legal. É só que não tenho certeza se... deixa pra lá. Caminhar é bom.

"Caminhar é bom?" Eu não poderia ser mais desajeitada! O que tem de mais em caminhar? Não que Jason e eu realmente caminharemos algum dia. Não agora que ele sabe a doida que eu sou.

— Você ainda tem um diário? — pergunta Jason.

— Não. Pensei em começar um blog, mas não acho que seja a minha cara

— E o que é a sua cara?

— Como assim?

— Como lida com os seus problemas?

— Ah. — Começo um inventário mental das coisas que faço para me sentir melhor. Usar meus sais de banho favoritos. Fazer mais alguma pesquisa sobre o Destino. Plantar árvores. Mas a verdade é que nenhuma das minhas técnicas mais comuns tem adiantado muito ultimamente. — Acho que simplesmente não lido com eles.

É tão estranha essa história de Jason e dos trilhos de trem... Quando eu era pequena, era fascinada por eles. Por saber para onde estavam indo. O que haviam visto. Ficava imaginando se alguém reparava neles como eu reparava. Havia alguma coisa sobre aqueles trilhos que fazia com que eu me sentisse no centro do mundo e como se eu pudesse ir a qualquer lugar. Tudo parecia tão cheio de possibilidades. Por isso acho estranho. Porque, durante todo aquele tempo, havia mais alguém que se sentia da mesma forma.

E agora essa pessoa está aqui.

— Todo mundo tem seus truques para lidar com problemas — diz Jason. — Vamos ver. Você... fica furiosa com o mundo e soca a parede?

— Não.

— Não? Você... come sorvete e vê filmes açucarados?

— Não.

— Tem certeza?

— Sim.

— Você sente cócegas?

— Não! — eu grito. Porque sinto tantas cócegas que não é nem divertido.

— Vamos ter certeza. — Jason faz cócegas na minha cintura.

— Pare! — grito, às gargalhadas. — Pare com isso!

As portas de correr da varanda são abertas.

— Oi — diz Erin.

Jason para de me fazer cócegas

Eu paro de rir.

— Ah, oi — ele diz. — Estávamos só... conversando.

— Sobre o quê?

Não consigo me lembrar sobre o que estávamos conversando. Alguma coisa sobre diários e trilhos de trem e... Como a conversa acabou em cócegas?

Erin olha para mim.

— Ahn. Era só... você sabe... bobagens.

— Como está o Twister? — quer saber Jason.

— Acabou.

Blake aparece atrás de Erin. Ele a levanta nos braços e a carrega para fora da varanda.

— Me bota no chão! — grita Erin.

— Não até que você admita que sou o maior campeão de todos os tempos no Twister.

— Está certo.

— Você não me pareceu convincente! — Blake a levanta mais alto.

— Está certo, está certo! Você é o máximo!

— Obrigado. — Blake coloca Erin no chão.

— Mas você trapaceou muito na mão esquerda amarela! — grita Erin. Então ela foge da varanda dando gritinhos, enquanto Blake a persegue. Ele a alcança e a carrega de volta.

— Está ficando tarde — Erin diz a Jason. — Preciso ir. — Ela me dá uma olhada rápida, com um brilho nos olhos que diz "mais tarde você me conta tudo o que ele disse?".

Eu dou um breve aceno com a cabeça. Gostaria de ter alguma coisa para contar a ela.

— Sim. Está certo. — Jason se levanta.

Eu fico no balanço. Estou surpresa com o quanto eu queria que ele não fosse embora.

— Então... — fala Jason. — Feliz aniversário. Obrigado por ter nos convidado. Foi divertido.

— É claro. Sempre que quiser.

"Sempre que quiser?" Por que eu disse isso? Parece um convite para ele aparecer e me agarrar, ou coisa parecida.

Blake se senta ao meu lado, no balanço, depois que eles saem. Estou completamente zonza. Não consigo nem me levantar.

Escutamos quando o jipe de Jason se afasta da casa.

— Como foi? — pergunta Blake.

— Eu gostaria de saber.

— Você está bem?

— Sim.

— O que aconteceu aqui fora?

— Nada.

Estou certa de que foi isso o que Jason sentiu. Que nada aconteceu. Eu só gostaria de ter achado a mesma coisa.

13

Estamos fazendo pontilhismo na aula de arte. É um método de pintura em que a imagem que estamos criando é feita de pontos minúsculos. O legal é que só se consegue ver os pontos quando se chega bem perto. Quando olhamos o quadro de longe, parece uma pintura comum. Pontilhismo é bem difícil porque demora muito para fazer todos os pontinhos. E a chave do sucesso é conseguir colocar as cores certas nos lugares certos. Se as cores se desgastam em apenas uma das partes da pintura, todo o quadro é arruinado.

Obviamente, Connor arrasa em pontilhismo.

— Você é tão bom em tudo — digo a ele. — Sou péssima nisso.

— Não é, não — ele responde. Mas está só sendo gentil. Estou tentando pintar uma cena do fundo do mar. Só que não está funcionando. Minha rainha peixe-anjo deveria ter os olhos amarelo-brilhantes e faixas azul-elétricas ao longo do corpo. Em vez disso, parece que estou tentando pintar um ovo frito com um pouco de bacon azul. Talvez eu consiga convencer alguém de que se trata de uma pintura pós-moderna.

— Tem certeza de que não sou péssima? — pergunto.

— Tenho.

— Então o que estou pintando? — Empurro meu papel por cima da mesa na direção de Connor.

Ele vira o papel e dá uma rápida olhada antes de me devolver.

— Um peixe.

— Como você faz isso?

— Você não é tão ruim quanto pensa. Está bom.

— Mesmo?

— Sim.

As pessoas estão sempre dizendo que sou muito dura comigo mesma. Essa é outra das características taurinas. Posso ser tão determinada em fazer as coisas saírem perfeitas que acabo não parando para perceber que elas já estão boas o bastante.

— O que acha do meu? — Sophie me pergunta. Ela vem sentando comigo e com Connor desde o dia em que Ryan a destratou. Sophie não costuma falar muito.

— Está ótimo! — eu digo.

— Obrigada. — Ela sorri, de cabeça baixa.

Sophie e Connor são muito melhores nisso do que eu. Venho misturando azul e vermelho há dez minutos e ainda não consegui o exato tom de púrpura que quero.

— Talvez esse tom nem exista — digo a mim mesma. Mas acabo falando em voz alta.

— O que foi? — pergunta Connor.

— Essa cor que estou tentando fazer. Talvez não seja uma cor que exista.

— Acho que me perdi.

— Estou querendo dizer... será que todas as cores já foram inventadas? Ou há algumas cores que ainda não existem?

— Continuo sem entender.

— É tipo assim... como as cores são... feitas?

— Como elas são feitas?

— Sim.

— De combinação de pigmentos.

— Bem, de onde vêm os pigmentos?

— Acho que eles simplesmente ocorrem naturalmente.

— Ocorrem naturalmente em quê?

— Ahn...

Detesto quando perguntas como essa ficam grudadas na minha mente. Elas me perturbam até eu encontrar a resposta. O mais irritante é que esse tipo de perguntas normalmente não tem respostas definitivas. Como toda essa história do Destino. Nós temos controle do nosso destino, ou nossa vida vai seguir seu caminho do mesmo jeito, não importa o que façamos? Essa é a pergunta para a qual eu mais queria saber a resposta. Só que provavelmente nunca saberei.

A sra. Sheptock nos deixa sair mais cedo da aula. Isso, às vezes, acontece quando ela precisa organizar o material para projetos complicados da aula de Artes avançada que dá a seguir. Vou beber água perto do vestiário. Me pergunto se Danielle está por ali. Ela tem aula de ginástica a essa hora.

Só quando já estou prestes a sair, Danielle sai do ginásio com um grupo de garotas. Elas passam em uma nuvem de gloss sabor cereja e desodorante Secret, e desaparecem no vestiário.

— Ei — diz Danielle. — Você saiu mais cedo da aula de Artes de novo?

— Bem na hora. Eu estava a dois segundos de rasgar todo o meu fiasco em pontilhismo.

— Você é muito dura com você mesma.

— Só quando é verdade.

— Bem... eu venho querendo lhe perguntar uma coisa...

— O que é?

Danielle olha para trás, na direção do vestiário. Não há ninguém por perto.

— É só que... — Ela fica muito quieta por algum tempo. — Eu estava imaginando se... está acontecendo alguma coisa entre você e Jason...

— O quê? Não! Por que você pensaria isso?

— Porque você está se sentando com ele todo dia na hora do almoço.

— Achei que você não estava chateada por causa disso. Eu já lhe disse, é...

— Não estou chateada. O que estou querendo dizer... vejo o jeito que você é com ele.

Isso é complicado. Eu poderia perguntar o que exatamente ela está querendo dizer com aquilo. É claro que quero saber. Mas então estaríamos conversando a respeito. E é melhor não fazer isso.

— Somos apenas amigos — digo. — Você sabe que ele está com Erin.

— Eu sei.

— Nos damos bem. É só isso.

Vejo que Danielle não acredita em mim. Somos próximas. Ela me conhece. E como somos próximas e ela me conhece, Danielle não insiste. É assim que sabemos quando temos uma boa amiga. Quando ela desiste de uma conversa que você não quer ter.

Eu me afasto para ir para a sala de Inglês por um caminho que provavelmente me fará chegar atrasada, mas não é uma decisão consciente. Alguma coisa está me fazendo pegar um caminho diferente do que normalmente pego, sem nenhuma razão para isso. Sabe quando você está tão acostumada a ter sempre a mesma rotina, todos os dias, que às vezes nem mesmo tem consciência de como vai do ponto A para o ponto B? É como se de repente eu acabasse em um lugar sem sequer me lembrar de ter andado até ali. Estou acostumada a ver isso acontecendo comigo, quando vou de uma sala para a outra. Mas, nesse momento, tenho um forte pressentimento de que deveria descer por um corredor diferente. E é o que faço.

E lá está Jason. Vindo de um dos cantos do corredor.

— Oi — ele diz. — Nunca a vejo antes do quarto tempo.

— Bem... aqui estou eu.

— Legal. Que aula você tem agora?

— Ahn. Inglês.

— Sua professora é a sra. DeFranco?

— Não. A sra. Martin.

— Ouvi dizer que ela é razoável.

— Sim, gosto dela.

O sinal toca.

— Vejo você no almoço? — pergunta Jason.

— Sim.

Ambos nos viramos para sair ao mesmo tempo e acabo esbarrando nele. Ou ele esbarra em mim. É difícil dizer.

— Ah! — digo. — Desculpe!

— Não, foi minha culpa. Ainda estou aprendendo como é que funciona essa coisa de olhe-para-onde-você-está-indo.

Tentamos seguir nossos caminhos separados, sem nos esbarrarmos de novo. Ambos nos movemos juntos para o mesmo lado, e depois viramos para o outro.

— Opa — diz Jason. — Talvez um de nós devesse deixar o outro ir primeiro.

— Estou parada.

— Então estou indo.

Jason finalmente consegue se afastar.

Os alunos entram nas salas e eu fico apenas parada ali, tentando processar tudo o que aconteceu. O que me fez seguir por esse caminho, mesmo sabendo que acabaria chegando atrasada à aula? Seria a Energia controlando o meu destino? Ou era eu quem estava controlando meu próprio destino?

14

Hoje é um daqueles típicos domingos de primavera. Mamãe está trabalhando no jardim, plantando sementes de girassol. Papai está na espreguiçadeira com sua nova revista de palavras cruzadas. Erin está aqui em casa. Estamos vendo um filme no meu quarto, do mesmo jeito que já fizemos milhares de vezes. Só que hoje é diferente.

Hoje eu me sinto culpada.

Erin não se importa que Jason e eu nos sentemos juntos no almoço. Ela adora que sejamos amigos. Antes daquele dia em que todos saímos juntos para comer pizza, Erin estava preocupada com a possibilidade de que eu e Jason não nos gostássemos, o que teria acabado com sua empolgação para que todos saíssemos juntos. Por isso, minha amiga estava aliviada por Blake aprovar Jason e por eu estar gostando de encontrar com ele. Apesar de todos ficarem nos encarando, não sei se o Círculo de Ouro comentou alguma coisa com ela. E mesmo que tenha comentado, Erin nunca levaria qualquer fofoca a sério. Na cabeça de Erin, Jason e eu só existimos em relação a ela. Minha amiga é assim mesmo, às vezes, só vê o que quer. É como um túnel que estreita a sua visão, fazendo com que não perceba o restante.

Erin quer saber o que Jason anda comentando sobre ela. Mas ele nunca fala sobre Erin. Sempre que eu a menciono, Jason muda de assunto três segundos depois. Não que eu a mencione tanto quanto deveria. E é por isso que estou tendo problemas para responder às perguntas de Erin.

— Mas o que ele diz? — ela quer saber.

— Nada.

— Você perguntou se ele gostava do meu cabelo e Jason não disse nada? — Erin tinha os cabelos louros encaracolados. E começara a alisá-los. Eu supostamente deveria perguntar a Jason se ele gostava mais do cabelo de Erin liso ou encaracolado. Na verdade, eu perguntei... eu acho. Não, tenho certeza de que perguntei. Só não consigo me lembrar do que ele disse.

— Não, ele disse que está legal — respondo.

— Ele gosta mais assim do que encaracolado?

— Acho que ele gosta das duas maneiras.

— Ah... Isso é estranho.

— Por quê?

— Os garotos costumam ter opiniões muito determinadas sobre a aparência das garotas. Costumam gostar ou de cabelos lisos ou de cabelos encaracolados. Não dos dois.

— Acho que Jason tem a mente mais aberta.

— Eu sei, isso não é fantástico?

— Com certeza.

Voltamos a prestar atenção ao filme *Aos Treze*. Mas ultimamente não venho conseguindo me concentrar nem nas atividades mais simples. Tipo, estou lendo um livro, minha mente começa a divagar e, 20 minutos mais tarde, ainda estou na mesma página. Ou estou assistindo a um filme e uma cena inteira se passa antes que eu perceba que não tenho ideia do que qualquer pessoa havia dito.

— O que você mais gosta nele? — pergunta Erin.

— Em quem?

— Em Jason!

— Ah. — Realmente não acho que sou a melhor pessoa para

responder isso. Não porque eu não saiba a resposta. É porque tenho respostas demais. — Hummm... ele é divertido.

— Muito divertido

— E inteligente.

— Muito inteligente.

Gromit me encara enquanto gira ao redor de um coral pequenino. Vou até o aquário e pressiono meu dedo contra o vidro. Ela me olha com curiosidade, então conclui que não sou um pedaço de comida e se afasta.

Erin volta a falar.

— O ano que vem vai ser incrível.

— Com certeza.

— Nós deveríamos fazer uma viagem de carro. Todos nós.

— Ahn...

— Podemos ir até o Arizona para ver o maior painel solar do mundo, aquele que você estava louca para conhecer.

— Você está falando daquela fazenda eólica, no Solar Center?

— Seja o que for. Vai ser demais! Vamos dirigindo em turnos e ficando nos hotéis à beira da estrada. E ainda tem todas aquelas paradas... você adora lanchonetes de estrada!

Acabo rindo da empolgação de Erin. Ela adora se divertir. E é preciso admirar sua determinação para animar todo mundo também.

— O que mais ele diz sobre mim? — Erin continua.

— Quando?

— A qualquer hora! Sobre o que ele fala?

— Só... — Não sei o que dizer. Não posso contar a ela sobre a vez em que mostrei a Jason todos os gráficos e mapas para convencê-lo a reciclar (o que, por sinal, ele disse que faria de agora em diante porque ficara totalmente convencido). Ou sobre como ele me mostrara os bilhetes em código. Porque... E se ele nunca houvesse mostrado a Erin? E se o código fosse secreto, só entre nós?

Erin acabaria ficando com ciúmes porque ele me mostrara uma coisa que não mostrara a ela primeiro.

Erin volta a falar.

— Por que não me conta?

— Não há nada...

— Ah, meu Deus... ele disse alguma coisa ruim a meu respeito? É por isso que você não está me contando?

— Não! Não tenho nada para contar.

— Jura?

— Sim. Se ele disser alguma coisa sobre você, com certeza vou lhe contar.

— Está certo, estou exagerando. Preciso me acalmar.

Quando você está no meio de uma situação, às vezes é difícil perceber como as coisas são realmente. Erin não consegue ver o que eu vejo. Ela acha que o seu destino é ficar com Jason, que eles estão construindo um relacionamento forte que durará por muito tempo, que ele sente por ela o mesmo que ela sente por ele. Para mim, parece que Jason está tendo momentos divertidos junto com Erin, mas que não está levando a coisa assim tão a sério. Não duvido de que ele goste dela. Só duvido de que ele goste tanto quanto Erin quer que ele goste.

Estou tentando ignorar essas coisas que percebo. Coisas que são o tipo de verdade que nunca se pode contar à sua melhor amiga.

15

Não sei de onde vem. Mas Jason e eu temos essa afinidade que é mais forte do que tudo o que já senti antes. Temos esse jeito quando estamos juntos que parece que tudo se encaixa. É tão fácil estar com Jason. E quando não estou com ele, mal posso esperar para vê-lo de novo.

Quando estou com Jason, parece que estou em casa.

A questão é: será que podemos ser amigos de uma alma gêmea quando queremos muito mais?

Não é como se houvesse uma única coisa grande, importante, que eu pudesse apontar e dizer:

— Aha! É por isso que somos almas gêmeas! — São várias pequenas coisas, todas juntas. Coisas que não têm importância para mais ninguém além de nós dois.

Como naquela vez em que Jason comprou café na máquina e havia alguma coisa muito familiar no modo como ele bebia. Era como se eu estivesse me vendo beber café, porque faço exatamente do mesmo jeito. Não que eu jamais houvesse percebido como bebo café até ele me mostrar.

Ou como alguns dias atrás, no almoço, quando de repente começamos a falar em linguagem abreviada. Quando você conversa desse jeito, não pode apenas abreviar qualquer palavra, do jeito que quiser. Há regras. O estranho é que sei as regras sem nunca haver aprendido. Seria impossível, para mim, explicar essas regras a qualquer pessoa. Mas, de algum modo, Jason já as conhece.

Eu estava reclamando da minha nota em um trabalho de história e ele comentou:

— Isso é um absu.

— Onde você aprendeu isso? — eu quis saber, pois logo havia entendido que ele abreviara "absurdo".

— O quê?

— Absu.

— Não é uma coisa que todos sabem?

— Acho que não.

— Ah... Bem, então acho que tenho um talento especial para linguagem abreviada.

— Você sabe o que é linguagem abreviada!

— E quem não sabe?

— Ninguém sabe! Achei que eu havia inventado essa linguagem.

— E eu achei que fosse a coisa mais normal.

Não tenho ideia de como ele sabe essas coisas. Como agora, quando estamos ambos raspando um pouco da cobertura de nossas fatias de bolo ao mesmo tempo. Então encostamos nossos garfos um no outro e dizemos "tim-tim". Pensei que eu era a única a brindar nesses casos! Jason tem estado por aí por todo esse tempo, com esse jeito de ser, e de fazer as coisas, tão parecido com o meu e eu nunca soube.

Bianca se levanta da "mesa de Ouro" e nos encara. Quando ela faz isso, não é do mesmo modo que as outras pessoas. Os outros desviam o olhar quando encaramos de volta. Os outros têm certa noção de limite.

Bianca não é como as outras pessoas.

Já sei que ela está vindo em nossa direção. Bianca adora fofocas. E mesmo quando não há fofoca alguma, ela sempre dá um jeito de inventar alguma coisa. É trágico. Ela não era desse jeito quando éramos mais ou menos amigas. Não sei como Erin consegue se dar com Bianca.

— Oi, vocês dois — diz ela. E fica parada na nossa frente, como se fosse a coisa mais natural do mundo se aproximar para conversar com a gente. Se quiséssemos companhia, estaríamos sentados em uma mesa maior, com mais pessoas.

— Oi — responde Jason.

Subtexto: Por que você está nos perturbando?

— E então, Lani — continua Bianca. — Estava pensando... Será que Erin vai acampar esse verão?

Subtexto: Precisava de uma desculpa para vir até aqui e encontrei essa, muito furada.

— Por que ela não iria? — retruco.

Subtexto: Você sabe que ela vai acampar porque Erin sempre acampa, então, por que está perguntando?

— Achei que ela iria, mas minha prima está pensando em ir acampar em Vermont, por isso achei que ela poderia falar com Erin a respeito.

Subtexto: Por que você e Jason estão sentando juntos?

— Você poderia perguntar a Erin — falo.

Subtexto: Suma.

— Eu sei. Só achei que talvez você soubesse — diz Bianca. — Bem... até mais!

Jason se vira para mim.

— O que foi isso?

— Você não vai querer saber.

Por que as pessoas simplesmente não nos deixavam em paz? Percebo o modo como nos encaram. Ou no corredor, quando Jason está comigo, indo de uma aula para a outra. Não tenho ideia de por que somos tão fascinantes.

— O trabalho de História está acabando comigo — ele volta a falar.

— Você ainda está fazendo? — Jason vem reclamando sobre esse trabalho de História há um tempão. Ele teve a falta de sorte de pegar o único professor de História que adora passar quantidades absurdas de trabalho. — Achei que havia entregado na semana passada.

— Não, tenho mais dois dias.

— Quanto já fez?

— Pouco. E não terei muito tempo para trabalhar nele mais tarde, porque tenho trabalho como monitor dos alunos do Ensino Fundamental.

— Gostaria de poder ajudá-lo.

— O que você vai fazer depois da escola?

— Não, quis dizer que gostaria de ajudá-lo, mas...

— Estou falando sobre a monitoria dos garotos. Quer vir com a gente?

Jason de vez em quando fala dos garotos de quem é monitor. Logo se percebe que, assim como Erin, ele adora passar um tempo com eles, tentando ajudá-los nos estudos e talvez até tornando a vida deles melhor. E parece que os garotos também o adoram.

Fico confusa.

— Hoje é terça-feira?

— Sim.

— Ótimo, não tenho natação. E a reunião do One World é só na quinta-feira.

— Você está no time de natação?

— Não, eu... estou fazendo aulas. No centro recreativo.

— Você está fazendo aulas de natação?

— Eu sei, parece que tenho seis anos de idade.

— Eu poderia ensiná-la.

— É mesmo?

— Com certeza. Trabalho como salva-vidas no verão.

— Eu não sabia disso.

Comemos o bolo.

Jason continua a falar:

— Então, você não tem aula de natação porque é terça-feira...

— Ah, desculpe... eu não tenho nada para fazer depois da aula.

— Legal, você pode vir à monitoria.

A parte da escola onde funciona o Ensino Fundamental fica a menos de cinco minutos a pé dali. Não tenho desculpa para não ir. A não ser pelo fato de que não quero que Erin ache que estou me intrometendo. Monitoria é uma coisa deles.

— Eu não ficaria sobrando? — pergunto.

— Impossível.

— Você tem permissão para levar outra pessoa?

— Não vejo por que não.

— Talvez devêssemos perguntar a Erin. Só para ter certeza de que ela não se incomoda.

— Para mim, tudo bem.

Erin é totalmente a favor da minha ida. Portanto, vamos todos depois da aula. A escola disponibiliza uma enorme sala de aula para as atividades com os monitores, depois do horário de aula. As carteiras são reunidas em pares ou em grupos pequenos. Erin me apresenta a algumas crianças com quem está trabalhando. Estão todas reunidas ao redor dela, com olhares de adoração, falando sobre diversas coisas ao mesmo tempo.

Jason vai ajudar um grupo com o trabalho de Ciências, e Erin está conversando com um aluno perto das estantes. Eu leio *Harriet, a Espiã* com um aluno do sexto ano.

Depois, Erin decide que devemos fazer certificados para os alunos da monitoria que vêm obtendo bons resultados. Nós, do Ensino Médio, temos uma cerimônia constrangedora para isso, no final do ano, mas o Ensino Fundamental não tem. Então Jason diz que podemos ir até a casa dele para fazer alguns certificados.

— Você se divertiu? — pergunta Erin, quando já estamos no carro, indo para a casa de Jason.

— Muito. É muito legal vocês dois serem monitores.

— As crianças são o futuro — diz Erin. — Tenho que ajudar a garantir que ele não seja terrível. — É muito a cara de Erin querer ser parte de tudo.

Chegamos à casa de Jason no instante em que ele está saindo do jipe. Um cachorro fofinho espera na porta de casa. É pequeno e tem os pelos negros, curtos e macios.

O cachorrinho late alto ao ver Jason.

— Oi, Phil — cumprimenta Jason. — Quer conhecer uma nova amiga?

Erin, obviamente, já conhecera Phil. Ela faz carinho no cachorro e o agrada com todos aqueles barulhinhos de "que bichinho fofo você é!".

— Qual é a raça dele? — pergunto.

— É um buldogue francês. Muito imponente.

Phil tem olhos grandes e úmidos. E fica me encarando.

— Você pode fazer carinho nele — diz Jason.

Estendo a mão para o cachorro cheirar. Ele funga contra os meus dedos.

— Tenho cartolina no meu quarto — fala Jason. — Vamos subir. — Ele sobe a escada à nossa frente, dois degraus de cada vez. Nós o seguimos com Phil, que sobe correndo entre nós, com as pernas pequenas em disparada.

A primeira coisa que vejo é o pôster. É de uma edição especial de *O Pequeno Príncipe*. Eu coleciono tudo de *O Pequeno Príncipe*. A raposa é o meu personagem favorito.

E tenho exatamente o mesmo pôster no meu quarto, desde que eu tinha 4 anos de idade.

— Tenho esse mesmo pôster — digo.

— Não é possível — responde Jason. Ele está escavando uma pilha de coisas em sua escrivaninha.

— Coleciono coisas de *O Pequeno Príncipe*. E tenho esse pôster há séculos.

— Aposto que tenho o meu há mais tempo.

— Seu pôster é igual a esse? — Erin me pergunta.

— Você sabe que é. Por que não me contou que temos o mesmo pôster?

— Nunca percebi. Só achei que os dois eram de *O Pequeno Príncipe*.

— Você viu meu pôster centenas de vezes. Como pode não saber...

— Uma bola Koosh — Jason interrompe.

— Hein?

— Aposto uma bola Koosh que tenho meu pôster há mais tempo do que você tem o seu.

— De alguma cor específica?

— Sim.

— Negócio fechado.

Apertamos a mão para selar o acordo.

— E então? — pergunto.

— Tenho o meu pôster...

— Sim...?

— ... desde que eu tinha quatro anos.

— Eu também!

— Não é possível.

— Você podia parar de falar "não é possível"? — fala Erin. Então, continua, menos irritada. — Onde está a cartolina?

Jason não apenas tem um pôster de *O Pequeno Príncipe*. Ele tem exatamente o mesmo que o meu. E temos os nossos pôsteres há exatamente o mesmo tempo. Essas coisas não acontecem por acaso.

Jason é uma alma gêmea que esteve em minha vida durante todo esse tempo e eu nem sabia. Frequentamos a mesma escola por todos esses anos, mas levamos muito tempo para descobrir a verdade. Será que o Destino nos uniu, usando Erin como ponto de ligação? Ou teríamos nos encontrado de qualquer modo?

Como se isso importasse. Porque não tem a ver só com a gente. E é por isso que tenho que ignorar o Destino. Mesmo estando óbvio que nada tão intenso jamais voltará a acontecer comigo.

16

Estou com soluços. Eles se recusam a passar.

— Está parecendo sério — diz Jason.

Ele esbarrou comigo no meu escaninho, depois da aula de Inglês, e estamos caminhando juntos até o refeitório, para almoçar. Quando passamos por Bianca, que também está em seu escaninho, ela me olha com aquele seu olhar fulminante. Resisto ao impulso de bater com a cara da garota na parede.

— É sério — eu digo. — Muito sério.

— Há quanto tempo está com soluço?

— Há uns dez minutos. No mínimo.

— Sei do que você precisa.

— Do quê?

— Isso — diz Jason — será revelado no momento certo.

Quando levamos nosso almoço até a mesa, Jason ainda não me contou do que se trata. Meus soluços estão ainda piores, se é que isso é possível.

— Ah — diz Jason —, você bebeu essa água antes de os soluços começarem? — Ele ergue a própria garrafa-d'água. É de um tipo estranho, com um iceberg dentro.

— Que água é essa?

— Do tipo que tem um iceberg refrescante, também conhecida como "Água Estupidamente Gelada". Nunca experimentou?

— Não.

— Muito bem, então não foi a água. Esse tipo aqui está relacionado a soluços irreversíveis. Nunca tome esse tipo de água.

— Mas você está bebendo.

— Sim, mas eu não tenho soluços. E, além do mais, a combinação de cor/forma/cheiro dela também não é boa.

— Hic!

— Eu sei, também fiquei chocado quando descobri. Mas, sim, ela tem gosto de losango laranja, o que não é nada divertido.

O mais impressionante é que, por mais absurdo que pareça, entendo o que ele está dizendo. É possível descrever o gosto de diferentes tipos de água por cor e forma. Tipo, a água da marca Poland Spring é um círculo vermelho. É difícil explicar o motivo. Simplesmente é. Acho que a parte do círculo vem do sabor redondo, cheio. E a parte do vermelho... não tenho a menor ideia.

— A Evian é um triângulo azul — informo a ele.

— Sim! Mas de que tom de azul?

— Azul-celeste, claro.

— Você consegue acreditar que algumas pessoas não sabem disso?

— Não.

— O que é Fiji?

— O lugar onde Chuck Noland ficou encalhado por quatro anos.

— Quem é Chuck Noland?

— O personagem de Tom Hanks em *O Náufrago*.

— Sua memória é impressionante — diz Jason. — Primeiro os meus círculos em Álgebra e agora isso.

— Gosto de guardar informações.

— Ei! Seus soluços se foram.

Eu testo. Dez segundos se passam sem soluços e sem ameaça de soluços iminentes.

— Finalmente — digo.

— E pensar que você duvidou da minha técnica...

— Nunca duvidei da sua técnica.

— Tem certeza? Porque achei que...

— Oi, Lani — diz Connor que, de repente, aparece diante da nossa mesa. Só que esse não é o horário de almoço dele.

— Connor! — falo. — O que está fazendo aqui?

— Pausa de emergência para um lanche rápido. Tenho certeza de que a sra. Liddell não vai se importar.

— Ela não sabe que você saiu da sala?

— Sim, mas pedi para ir ao banheiro. Acho que ela entenderia se eu pegasse um lanchinho rápido, hein?

— Com certeza — concordo. — Ah, vocês dois já se conhecem?

— Oi, cara — cumprimenta Jason. — Nós não fizemos Educação Física juntos, no ano passado?

— Acho que sim. — Connor fica olhando para Jason por um tempo. — Você é Jason, certo?

— Isso.

— Eu sou Connor.

— Do Canadá.

— Você já ouviu a meu respeito.

— Acho que todos sabem que você é do Canadá, Connor — digo.

— É assim tão óbvio?

— Bem...

— Nossa, tenta se misturar e continua sendo rotulado... Alguém quer um chocolate de café?

— O quê?

— Deixa pra lá. Piada canadense para mim mesmo. Já vou indo.

No dia seguinte, na aula de Artes, estou procurando cola nas estantes quando Connor se aproxima, muito determinado. É óbvio que ele quer dizer alguma coisa. Mas fica apenas parado, me olhando.

— Sim? — pergunto.

Connor desconversa.

— O quê? Não é nada. Eu não disse nada.

— Mas obviamente vai dizer.

— Não. Estava só procurando por...

— Pelo quê?

— Papel quadriculado.

— O trabalho não é com o outro papel?

— Ahn... Sim. Acho que preciso checar isso.

— Você está bem? — Nunca vi Connor assim tão agitado antes.

— Não poderia estar melhor. Bem, talvez eu tenha comido doce demais no café da manhã.

— É mesmo? — Volto a procurar a cola. — O que comeu?

— Bolinhos prontos, de supermercado.

— Achei que você os odiasse.

— E com razão! Eu deveria ter aprendido a nunca mais tocar nessas coisas depois da última vez que comi açúcar demais. — Então Connor se afasta para procurar o papel quadriculado.

Finalmente encontro o frasco de cola escondido sob uma pilha de feltro. Volto para a minha mesa e Sophie está trabalhando em algum tipo de escultura com lápis. Ela não gosta de falar enquanto está trabalhando, por isso decido conversar com ela sobre Connor depois da aula.

Dou uma checada nos pôsteres de conscientização que eu e Danielle fizemos, na noite passada, sobre os créditos de carbono. Hoje o tema da aula é livre, assim podemos fazer o que quisermos, desde que esteja relacionado à arte. A sra. Sheptock e eu temos um acordo e posso terminar os pôsteres do One World aqui, desde que eu faça alguma coisa extra, criativa, com eles. Estou pensando em lantejoulas para envolver as marcas de carbono que desenhamos na base do pôster.

Connor se senta na minha frente, com seu papel quadriculado.

— O que você está fazendo com isso? — pergunto.

— Ainda não sei. Apenas senti que estava na hora de fazer alguns desenhos fortes, com ação. Talvez algum animé.

— Eu não sabia que você gostava de animé.

— Estou começando a me interessar.

Contorno uma das pegadas de carbono com cola e vou dispondo cuidadosamente as lantejoulas sobre ela. Posso sentir Connor me observando.

— Buscando ideias?

— Você daria uma ótima modelo para um animé — diz Connor. — Quero dizer, olhe só para você...

Reviro os olhos.

— Você está brincando. — Nunca pensei que Connor me achasse bonita. Ele nunca falou nada assim antes.

— Se incomoda se eu desenhá-la?

— Sem problemas, desde que eu possa continuar a colar essas lantejoulas.

Sophie pega uma garrafa de água Poland Spring na mochila.

— Círculo vermelho — digo a ela.

— O quê?

Aponto para a garrafa de água.

— A Poland Spring. É como um círculo vermelho, certo?

Sophie fica me olhando como se eu estivesse falando outra língua.

— O quê? — ela volta a perguntar.

— Nada. Eu só... estou pensando em umas vinte coisas ao mesmo tempo.

Sophie volta a se concentrar em sua escultura de lápis.

Tudo sempre me leva de volta a Jason. Nos conectamos de um modo que sempre desejei que pudesse existir. Há muito tempo venho ansiando por alguém como ele entrar em minha vida. Agora é a minha chance de saber como é esse tipo de amor. Como posso continuar a lutar contra o que há entre nós?

Eu poderia passar uma eternidade me perguntando se Jason pensa da mesma forma. Mas só há uma maneira de ter certeza.

17

Levei uma semana para ter coragem de fazer isso. Não conseguia me concentrar em mais nada na maior parte do tempo. Ficava pensando no que deveria dizer, apavorada com o que poderia acontecer. Foi difícil evitar Erin, mas não havia como sair com ela, enquanto ficava pensando em confrontar Jason. Eu disse a Erin que achava que estava ficando doente, que não andava com vontade de fazer nada. Então lembrei a mim mesma que não poderia fazer uma coisa dessas com ela. E decidi não dizer nada a Jason.

Mas na segunda-feira meu horóscopo disse que, se eu assumisse um risco em um momento em que, normalmente, agiria com segurança, o retorno seria imenso. A Magic 8 ball concordava.

Então vou fazer isso. Vou perguntar a Jason se ele gosta de mim. Não tenho ideia do que farei se ele disser que gosta. Só preciso saber.

Jason pensa que nos esbarramos sem querer, não imagina que me posicionei estrategicamente no corredor onde sei que ele tem a última aula. Ele parece cheio de energia hoje.

— Você está de bom humor — digo.

— Completamente.

— Sem motivo, ou...?

— Não, recomecei a trabalhar como salva-vidas no último feriado. Adorei voltar.

— Legal.

— Foi mesmo. Ei, nós podemos...

— Jay, seu cachorrão! — Greg se aproxima e bate o punho no de Jason. — Onde esteve?

— Em lugar algum.

— Você vai à casa do Kaminsky?

— Para aquela festa?

— Vai ser demais. Os pais dele vão passar a semana toda fora.

Greg está me ignorando totalmente. Não sei se ele soube que Erin tentou me empurrar para ele, antes, mas, desde que a convenci de que isso jamais iria acontecer, é como se o garoto nem sequer me visse mais. Como vários outros Garotos de Ouro me tratam da mesma forma agora, não fico muito surpresa.

— Erin me disse — fala Jason. — Pode ser que a gente vá.

— Pode ser? — Greg parece não acreditar. — Que história é essa?

Jason relanceia o olhar para mim. Greg não percebe... ou finge não perceber.

— A gente se vê lá — Jason volta a falar. Percebo que ele está só tentando se livrar de Greg.

— Até mais — diz Greg. É claro que ele não se despede de mim, nem nada parecido.

— Você acredita que ele... — falo.

— Podemos... — Jason diz ao mesmo tempo.

— Você primeiro — digo a ele.

— Posso conversar com você?

— Claro.

— Não aqui. — Ele tenta a maçaneta da porta da sala de aula perto de nós. A porta está destrancada. Entramos e Jason volta a fechar a porta.

Estou com os nervos à flor da pele, muito consciente de que estamos completamente sozinhos.

— Seria legal acendermos alguma luz — digo.

— Acha mesmo? Porque acho que a luz é muito superestimada.

O dia está nublado e as janelas dão para o leste, por isso estamos na penumbra. Na verdade, é legal, como se fossem raios de luar.

— Você está certo — concordo. — Não sei o que eu estava pensando. — Jason sorri o meu sorriso de Jason favorito. Seus olhos se acendem, como se tivéssemos um segredo. Esse é um ótimo momento para perguntar a ele. Mas talvez eu devesse saber o que Jason quer primeiro. Ele nunca me empurrou para dentro de uma sala de aula vazia antes.

O sorriso lentamente desaparece do rosto dele. Seus olhos escurecem do azul-esverdeado do mar para o verde profundo.

É realmente difícil respirar quando ele me olha desse jeito.

— É... — Jason começa a falar. — Bem... eu gosto de você.

— Está certo...

— Não, quer dizer... eu gosto de você.

Oh, meu Deus.

— Por que não disse nada antes? — pergunto.

— Achei que você estava saindo com Blake, lembra?

— Mas por quê?

— Sabe aquele dia em que saímos para comer pizza?

— Sim...

— Pensei que vocês estavam juntos.

— Por quê?

— Pelo modo como vocês estavam agindo. Ele colocou o braço ao seu redor e tudo o mais.

— Mas Blake é gay! — eu grito.

Então tapo a boca com as mãos.

Tarde demais.

Acabo de contar o maior dos segredos, que prometi jamais contar.

— Por favor, não conte isso a ninguém. — Olho ao redor, embora só estejamos nós dois ali.

— Não vou contar.

— Não, você não está entendendo. Ninguém. Pode. Saber. Sobre. Blake.

— Não se preocupe. Eu entendi.

— O pai dele o mataria. É sério.

— Lani. Não se preocupe. Não vou contar para ninguém.

— Promete?

— Prometo.

— Então... você não disse nada porque pensou que Blake fosse meu namorado?

— Isso. Erin só me falou que vocês eram amigos dela e imaginei que estavam juntos. Quero dizer, nunca perguntei a ela, mas ela também não disse que não eram. E ouvi dizer que vocês dois também estavam saindo juntos com outras pessoas.

— Com quem?

— Outras pessoas. — Ele dá de ombros. — Por aí.

— Mas você me perguntou se nós estávamos saindo e eu disse que não.

— Mas aí...

— ... você já estava com Erin.

— Isso mesmo.

Não consigo acreditar que ele acabou de dizer que gosta de mim logo quando eu ia lhe perguntar a mesma coisa. Mas, a essa altura, eu já deveria estar acostumada com essas "não coincidências".

— Você... sente a mesma coisa?

Pronto. Posso negar meus sentimentos e continuar fingindo que podemos ser só amigos. Posso tentar manter tudo como está. Posso tentar evitar que Erin me odeie por ter me apaixonado pelo seu namorado.

Mas é claro que não posso fazer isso. Tudo está diferente agora. Meu destino já foi decidido.

— Sim — digo. — Também gosto de você.

— Gosta mesmo? — Ele abre o maior sorriso que já vi.

— Você não percebeu?

— Na verdade, não. Bem, achei que talvez gostasse, mas não

tinha certeza se era tudo coisa da minha cabeça. Tipo, se era o que eu queria ver, ou se era verdade, sabe?

— Claro! Me sinto do mesmo modo!

O tempo todo eu sabia que ele gostava de mim. Mas essa certeza estava sob uma camada de inseguranças. Seu coração sempre sabe, mesmo quando é difícil demais admitir. A verdade nunca pode ser negada.

Jason afasta os cabelos do meu rosto. Minha franja fica para o lado.

Eu recuo.

— Não — digo.

— Qual é o problema?

Se ele voltar a mexer na minha franja, verá a cicatriz. Não posso pensar em nada que assustaria mais um potencial namorado.

Espere. O que estou pensando? Namorado em potencial? Estou ficando louca? Uma coisa é admitir a verdade sobre o que sinto. Outra completamente diferente é dar o passo seguinte.

Jason parece confuso, como se quisesse saber o que fez de errado.

— Eu tenho uma... cicatriz... na testa. Do acidente — explico.

— Posso ver?

— Não! É realmente horrível.

— Ah. Posso ver de qualquer modo?

— Por quê?

— Só queria ver o seu rosto todo.

Não posso acreditar que Jason quer ver a minha cicatriz. Assim como não posso acreditar que estou parada ali, deixando-o afastar a minha franja para ver. Mas Jason não parece horrorizado. Sua expressão nem sequer se altera.

Me afasto dele novamente e volto a arrumar a franja sobre a testa.

— Eu lhe disse.

— Bem, você está errada. Essa cicatriz tem personalidade. Você fica com jeito de estrela do rock.

— Eu a odeio.

— Mas você é tão linda.

Isso é demais. Jason me acha linda. Mesmo com meu rosto rasgado, ele ainda acha isso.

Tenho vontade de contar a ele tudo o que venho pensando e sentindo, mas não posso. O que é péssimo. É péssimo que Erin e eu estejamos apaixonadas por ele, mas que ele só tenha se apaixonado por uma de nós.

Jason está parado muito perto de mim. É óbvio que ele vai me beijar. E tudo o que eu quero é beijá-lo também.

Parte 2

Junho ❊ Agosto

"Muitas vezes encontramos o nosso destino nos caminhos que tomamos para evitá-lo."

Jean de La Fontaine

"É preciso se arriscar por alguma coisa, às vezes, Pam."

Jim Halpert, na série *The Office*

18

Como eu poderia fazer isso com ela?
Ela salvou a minha vida.

19

Quando Erin e eu tínhamos 10 anos, a mãe dela estava nos trazendo de carro, de volta do acampamento das bandeirantes. Um enorme temporal caíra de repente naquele último dia. Por sorte, já havíamos desmontado as barracas e arrumado todas as nossas coisas antes que a tempestade nos atingisse.

A volta para casa foi muito assustadora. Eu mal conseguia ver qualquer coisa pela janela. Os limpadores de para-brisa estavam quase invisíveis de tão rápidos, lutando para afastar a imensa quantidade de água do vidro.

Já estávamos quase chegando em casa, quando a mãe de Erin se inclinou bem para frente, no volante, e disse:

— Não consigo ver a estrada.

Comecei a chorar. Erin disse para eu não me preocupar e falou que logo estaríamos em casa.

— Vou tentar estacionar em algum lugar — disse a mãe de Erin. — Podemos esperar a tempestade passar.

Era inútil ligar o pisca-alerta. Não tínhamos a mínima ideia se havia carros à nossa frente ou atrás de nós. Só o que víamos, para qualquer lugar que olhássemos, era um enorme muro de água. Às vezes, víamos um borrão de luz, mas só por alguns segundos.

A mãe de Erin queria parar o carro no acostamento, mas nenhuma de nós conseguia ver onde ele estava. De repente, parecia que estávamos patinando. Mais tarde soube que o carro estava derrapando.

Então houve a batida. Parecia que havíamos entrado dentro de alguma coisa. Pensei que havia sido no carro da frente, mas ainda nos movíamos. Só que não era o movimento de um carro andando, era mais como se estivéssemos balançando.

— Ai, meu Deus! — gritou Erin. — Estamos no lago! Abra a sua porta!

Eu tentei fazer o que ela dizia, empurrei e empurrei, mas a porta não abria. Nem a de Erin.

A mãe dela não falava nada. Estava jogada sobre o volante e não se movia.

— Mamãe! — chamou Erin, batendo nas costas dela. — Mamãe!

O carro balançava para frente e para trás. A frente começou a afundar. Um som estranho, sibilante, nos cercava.

— Tente a sua janela! — Erin gritou para mim. O som da voz dela parecia vir de muito longe, mesmo ela estando sentada bem perto de mim.

Pressionamos os botões que abriam as nossas janelas. Nada aconteceu.

A frente do carro afundou um pouco mais.

Depois disso, só me lembro do carro se enchendo de água. O painel estava quase submerso.

— Estamos afogando — eu disse. Era difícil falar porque eu estava chorando muito.

Erin tentou empurrar a mãe para fora do assento do motorista, mas não conseguiu. Só conseguiu afastar a mãe o bastante para que a cabeça dela se apoiasse contra a janela. A água já alcançava o colo da mãe de Erin e a parte da frente do carro continuava a se encher cada vez com mais água. Como o carro estava inclinado para frente, não havia muita água na parte de trás.

— Mamãe! — Erin gritou. — Acorde!

A mãe dela não se moveu.

— Venha — Erin me disse. — Vamos para a traseira.

Eu soltei meu sinto de segurança e me virei para a parte de trás. O carro se inclinou mais para frente. A parte de metal do encosto de cabeça bateu na minha testa.

Não consigo me lembrar do que aconteceu depois. Tudo o que sei é que Erin e eu ficamos agachadas na traseira do carro pelo que pareceram séculos. A água continuava a entrar e a frente do carro já estava quase totalmente submersa. A mãe de Erin estava com água até o pescoço. Mas havia mais espaço na traseira, onde conseguíamos respirar. Erin me disse para manter a cabeça acima da água.

Me concentrei no que ela dizia.

Me concentrei em respirar.

O carro foi encontrado pouco depois de cairmos no lago. Parecia que milhares de anos haviam se passado, mas meus pais disseram que o carro ficou sob a água por menos de meia hora.

Alguém viu quando caímos no lago e ligou para o número de emergência. Por isso ficamos bem. A mãe de Erin também ficou bem, apenas inconsciente até chegarmos ao hospital.

Não sei como aquela pessoa nos viu. Deve ter sido o Destino. Nossa vida foi salva por algum motivo.

Notícias sérias como essa se espalham rápido em uma cidade pequena. Todos logo souberam sobre o acidente. Havia muitos rumores e tantas versões sobre o que acontecera que eu precisava ficar revivendo o momento para me agarrar ao que realmente era verdade. Eu tinha pesadelos todas as noites. Ainda tenho, às vezes.

Quando voltamos para a escola, todos foram muito legais com a gente. Garotas que nunca haviam conversado comigo e com Erin, antes, começaram a nos dar doces e adesivos. Uma menina fez pulseiras da amizade para nós, que usamos pelo restante do ano. Os professores nos davam privilégios. Na aula de Estudos Sociais, tive permissão para não fazer o dever de casa por dois dias seguidos e ninguém disse nada. Até os meninos pararam de implicar conosco por um tempo.

Essas são as coisas que acontecem quando quase morremos, mas acabamos escapando.

Embora os detalhes do acidente já tenham sido esquecidos pela maioria das pessoas hoje em dia, todos se lembram de que Erin e eu estávamos juntas na ocasião. E todos acham que vamos ser as melhores amigas para sempre. Afinal, como é possível compartilhar uma experiência tão intensa e não ser "irmãs de alma" pela vida toda?

Se Erin não houvesse me dito para ir para a traseira do carro naquele dia, eu não teria tido a iniciativa sozinha. Estava apavorada com a possibilidade de nos afogarmos. Tudo o que conseguia fazer era ficar ali sentada, chorando. Estava completamente paralisada pelo medo. Mas Erin fez com que eu me mexesse. Garantiu que eu mantivesse a cabeça acima da água. Ela me manteve viva.

Isso é o quanto eu devo a Erin. Devo a minha vida a ela.

20

Quando o ônibus do acampamento parou no estacionamento do centro recreativo, a poeira do cascalho subiu no ar, pinicando a minha pele suada e entrando nos meus olhos.

Estamos tendo uma onda de calor. Hoje deve ter feito quase 40 °C. E, para "melhorar", está muito úmido.

Não estou com a menor vontade de estar aqui.

Erin quis que nós dois viéssemos nos despedir dela. Por isso, Jason nos trouxe de carro até o lugar onde ela pegaria o ônibus para o acampamento. Erin está eufórica porque vai ser uma "líder em treinamento".

Ela ficará em Vermont por dois meses.

Jason e eu ficaremos aqui.

Sozinhos.

Os pais estão deixando os filhos no estacionamento, e as crianças arrastam suas mochilas pelo cascalho. A poeira parece cercar tudo.

— Espero que o ônibus tenha ar-condicionado — digo a Erin.

— Eu sei — ela diz. — Não poderia estar mais quente.

Jason estende a mão e tira um pedaço de cascalho do meu braço.

Entro em pânico. Acho que ele não percebeu o que acabou de fazer. Estava parado ali, de mãos dadas com Erin, estreitando os olhos por causa do sol. Tirar um pedaço de cascalho do braço de alguém é o tipo de gesto íntimo que um amigo próximo faria sem pensar. Só que com a gente a situação não é tão simples. Toda vez que Jason faz alguma coisa assim, quando Erin está por perto, quase morro de medo de que ela desconfie.

Eu realmente queria beijar Jason no dia em que ele disse que gostava de mim. Nunca quis tanto uma coisa em toda a minha vida. Mas é claro que não o beijei. Eu não seria capaz de voltar a encarar Erin se houvesse cedido. É muita má sorte que ela já esteja com o garoto com quem eu queria estar. Ou talvez seja o Destino nos confundindo.

Não beijar Jason naquele dia foi a coisa mais difícil que já fiz. Ficamos parados na sala de aula vazia, nos encarando por um longo tempo. Então ele chegou mais perto, como se fosse me beijar. Mas recuei. E disse a ele que não havia a menor possibilidade de eu magoar Erin daquele jeito. Não é certo se agarrar com o namorado da sua melhor amiga. Mesmo que ele termine com ela antes. E essa é uma situação em que eu jamais gostaria de colocá-la, por isso não há por que pensar a respeito. Tenho que afastar esses pensamentos da cabeça.

É uma situação louca, impossível, sem solução.

Desesperada para afastar a atenção do toque de Jason, estiquei o braço e disse:

— É um absurdo! Olhe só toda essa poeira!

Erin também estreitou os olhos. Mas não por causa do sol. Ela estava estreitando os olhos para me olhar.

Porque ela sabe.

Espere. Como ela pode saber? Afinal, não há nada para saber.

Preciso acabar com essa paranoia.

— Muito bem, pessoal. — Erin coloca a mochila no ombro. E gira um dos anéis que está usando algumas vezes. — Então é isso. Na próxima vez que me virem, estaremos quase oficialmente no último ano.

— Incrível — comenta Jason. Ele ainda está segurando a mão dela.

Erin o beija.

Eu desvio os olhos e arrasto meus chinelos no cascalho.

— Não se esqueça de escrever — diz Jason.

— É melhor você me escrever! — Erin dá um soco de brincadeira no braço dele. Ela já deixou claro que escrever é imprescindível. No acampamento não são permitidos celulares e notebooks. — Juro que se não receber pelo menos duas cartas por semana volto para matar você.

— Duas cartas por semana! — Jason finge que está morrendo. — Você já está me matando!

— Ah, até parece — diz Erin. — Como se fosse muita coisa.

— Nós, garotos, não temos muito o que dizer — ele diz. — Tenho certeza de que Lani vai escrever para você o tempo todo.

— Com certeza — prometo. Isso é o mínimo que posso fazer.

As crianças começam a entrar no ônibus. Um gemido se espalha pela multidão. Alguém descobriu que o ônibus não tem ar-condicionado e que a viagem durará três horas.

— Boa sorte com isso — Jason diz a Erin. E lhe dá um abraço apertado.

Eu também a abraço.

— Vou sentir saudades.

— Eu também. — Erin pega a mochila. Então dá um aceno charmoso. — Fiquem bem!

Nós a observamos encontrar seu lugar no ônibus. Vemos o ônibus partir. Ficamos ali até não conseguirmos mais ver Erin.

Ela parecia ter tantas esperanças de que, quando voltasse, tudo fosse estar do mesmo jeito como quando partira.

Como se nada fosse mudar com sua partida.

21

— Como pode acertar sempre? — Blake pergunta, maravilhado.

— Exatamente! — digo, animada. — É isso o que estou tentando lhe dizer!

Blake está absolutamente dependente do nosso horóscopo semanal. Chegamos até a estabelecer um novo ritual para o verão. Blake vem até a minha casa toda segunda-feira e nós lemos nosso horóscopo um para o outro. No entanto, como estamos de férias, sem a escola como referência, a interpretação pode ser um pouco mais complicada.

Onde moro, e se eu quiser, é possível evitar encontrar com qualquer pessoa durante o verão. É um lugar realmente isolado, a menos que se faça um esforço para encontrar as pessoas. As únicas pessoas que provavelmente verei serão meus pais, Blake, Danielle e todos do meu emprego de verão. Parei com as aulas de natação quando entramos de férias no colégio. Tive um pequeno ataque de nervos na minha última aula e decidi desistir. Assim, ando bastante isolada. O que é uma boa coisa.

Moramos em um estado rural. Não que moremos em fazendas ou coisa parecida... Bem, alguns poucos alunos do colégio têm pais fazendeiros, mas eles moram em casas comuns. Só que Nova Jersey é chamado de "Estado Jardim" por causa de suas fazendas. Temos muitos mercados na beira da estrada, vendendo frutas, legumes e verduras. Há lugares que cultivam frutas vermelhas e abóboras e são abertos ao público. Trabalho meio período no Bear Creek Berry Patch, subindo a estrada, a Dark Moon. Lá, são cultivados diferentes tipos de framboesas. Eu nem sabia que havia mais de um tipo de framboesa antes de começar a trabalhar lá, no último verão. Meu trabalho é ajudar os clientes que vêm colher suas próprias frutas vermelhas. Também colho algumas para os donos do lugar. É legal, porque posso ir de bicicleta até lá. Só dirijo carro quando não tem outro jeito. Detesto a ideia de contaminar a atmosfera com mais poluição, isso para não falar do desperdício de todo aquele combustível não renovável que me faz ter vontade de chorar.

— Esse negócio de horóscopo deve ser mágica — diz Blake.

— Ou o Destino.

— Então é o Destino que faz com que eles sempre saibam o que escrever?

— Agora você está entendendo.

— Ahã. — Blake passa para o outro lado do sofá, que fica mais perto do ventilador de teto e, por isso, é provavelmente meio grau mais fresco do que o restante da sala. Como sempre, nosso ar-condicionado central é tão fraco que não chega nem perto de refrescar a casa.

— Como vamos conseguir jogar com você sentado aí? — digo.

— Ainda consigo alcançar.

Talvez algumas pessoas me achem uma pária por estar escondida na minha sala de estar, jogando Rum 500, um jogo de cartas, em um lindo dia de verão. Mas isso não é verdade. Este é um modo muito inteligente de passar o tempo. Assim, não fico tentada a fazer outras coisas.... potencialmente perigosas.

— Como está indo o negócio das frutas? — pergunta Blake.

— Ah, você sabe, crescendo como sempre.

— O meu tipo favorito de framboesa é a...

— Taylor.

— Isso! Quando vai me trazer algumas?

— Não vamos colhê-las antes de agosto.

— Isso é péssimo...

— Quando você vai me trazer sua primeira criação profissional?

— Paciência, minha querida, paciência. — Blake conseguiu um estágio de verão em um ateliê de sopradores de vidro. Ele já está ligado nessa coisa de produção artesanal de vidro há meses. Foi quando viu umas peças incríveis em uma loja de presentes no centro da cidade e perguntou de onde vinham. Acabou descobrindo que as peças eram feitas em uma cidade perto da nossa, por sopradores de vidro de verdade. Blake ficou obcecado com a ideia de aprender com eles, mas o pai dele não se entusiasmou nada. Ele preferiria ver Blake em um emprego que lhe pagasse alguma coisa, queria ver o filho ganhando o próprio dinheiro. Os dois tiveram uma briga horrível por causa disso. Cheguei a acreditar que o pai de Blake fosse obrigá-lo a trabalhar na Big Guy Burger, a lanchonete. Mas Blake acabou dando um jeito de convencer o pai a deixá-lo fazer o estágio. Fico triste por saber que o pai precisou ser convencido.

— Seu pai ainda está irritado com o estágio? — pergunto.

— Ah, ele é irritado, certo. Imagine se soubesse que, além de não ter um tostão no banco, sou gay. O horror que seria...

Eu gostaria que houvesse um modo de Blake contar ao pai quem ele realmente é. As coisas não deveriam ser assim.

Blake ganha a partida e começo a embaralhar as cartas para jogarmos de novo.

— Então, pretende ficar escondida aqui durante todo o verão? — provoca Blake.

— Eu saio. Vou trabalhar, não vou?

— E que tal sair para se divertir?

— Estou me divertindo com você.

— Você o está evitando.

— Quem?

Blake se recosta no sofá. E fica olhando o ventilador de teto girar.

— Você sabe quem.

— Não, eu não sei.

— Vamos ver. Ele tem cerca de um metro e setenta e cinco, cabelos castanho-claros olhos azul-esverdeados, é salva-vidas, é uma gracinha e o nome rima com "mason".

— Você acha que estou evitando Jason?

— Ahn...

— Porque não estou.

— É claro que não. Você está só... ficando aqui. Comigo. Porque é divertido e tudo o mais.

— Você sabe que eu gosto de ficar com você.

— Já lhe ocorreu que você está apaixonada por ele?

Eu paro, de repente.

— Isso não importa.

— É claro que importa. Trata-se da sua vida. Você deveria parar de lutar contra os seus sentimentos.

— E de que adiantaria isso? Jason é namorado da minha melhor amiga, lembra-se?

— Sim, mas desde quando podemos controlar quem amamos?

Ele tinha um bom argumento. Não podemos escolher quem amamos. Blake sabe disso melhor do que ninguém. O amor não tem lógica, e nem sequer é uma escolha nossa.

O amor nos escolhe.

Depois do jantar, ajudo a mamãe a lavar os pratos. Papai está roncando no sofá, com uma revista de palavras cruzadas caída sobre o peito.

— Mãe... — eu chamo.

— O pano de prato está muito molhado? Há outros secos...

— Não, não é isso. Eu queria lhe perguntar uma coisa sobre o papai.

Ela lava um prato.

— O que é?

— Você já pensou... quero dizer, você alguma vez achou que vocês dois são diferentes demais? E que, talvez por isso, pudessem não dar certo juntos?

— Pergunta interessante.

Ela provavelmente está imaginando de onde tirei isso. É claro que não poderia lhe contar. O que iria dizer? Que tenho muito mais em comum com Jason do que Erin e que por isso sou eu que deveria ficar com ele? Ou que, como os dois não têm muito em comum, por que estão juntos?

— Bem — diz a minha mãe —, algumas diferenças são importantes em um relacionamento. Não acho saudável que duas pessoas passem o tempo todo juntas. Dito isso, com certeza é preciso ter alguns interesses em comum. São as coisas que o casal tem em comum que o conectam.

— Mas você e o papai não têm mais diferenças do que semelhanças?

— Talvez. Mas poucas e grandes semelhanças são mais importantes do que várias pequenas diferenças. É preciso pensar no que é mais importante para você. Se essas coisas também forem o mais importante para a pessoa com quem está, então você tem a base para um relacionamento forte. As coisas pequenas não importam muito. — Mamãe dá uma olhada no papai, roncando no sofá. — Sei que nem sempre parece que falamos a mesma língua, mas você não precisa se preocupar. Seu pai e eu ainda nos amamos.

— Ah, isso é...

— Nada vai mudar.

Ao que parece, minha mãe acha que estou perguntando por que estou assustada com a possibilidade de eles se divorciarem. Se eu tivesse energia, talvez explicasse que não estou perguntando por causa deles. Mas então ela ia querer saber o motivo real da minha pergunta e o que eu diria?

Não sei se Erin e Jason têm coisas importantes em comum. Tudo o que sei é que Jason e eu temos afinidades em tantos níveis diferentes que é quase como um novo plano de existência. Temos o tipo de ligação que meus pais sequer imaginam existir. Ou que talvez imaginem, mas simplesmente nunca tenham encontrado.

Se a vidente estiver certa, terei mais de um grande amor na vida. O que significa que terei outra chance. Mas isso é motivo para eu jogar a primeira oportunidade fora?

22

Sabe qual é o primeiro motivo para eu adorar meu emprego de verão? Sou louca por frutas vermelhas! Meu amor por elas segue a seguinte ordem: framboesas, amoras, mirtilos e morangos. Anseio por elas no inverno. Às vezes, chego a sonhar que estou bem aqui, nos canteiros de frutas do lugar onde trabalho no verão, colhendo um monte de cestas, como uma maníaca faminta por frutas.

Estou há mais de uma hora ajudando uma garotinha a colher framboesas. Ela veio com a irmã mais velha que logo descobriu outro interesse bem maior do que as frutas vermelhas. Esse interesse atende pelo nome de Greg. Porque, é claro, Greg trabalha aqui. Mas a verdade é que ele odeia cada minuto. É óbvio que esse foi o único trabalho de verão que ele conseguiu encontrar, já que fica reclamando o tempo todo de ter que passar o dia sob o calor escaldante. Evito o máximo que posso essa energia negativa de Greg.

— Tente não pegar nenhuma fruta úmida demais — aconselho a garotinha. — E nenhuma com folhas.

Quando entro na "zona de colheita de frutas vermelhas", é como se estivesse em outra dimensão. Penso sobre outras coisas, enquanto trabalho automaticamente. Venho procurando evitar a "zona de colheita de frutas vermelhas" neste verão. Principalmente hoje. Porque estou tentando não pensar em Jason. Danielle me convidou para um piquenique no Green Pond, mas não vou. Sei que Jason trabalha como salva-vidas no açude. Eu provavelmente poderia descobrir em que dias ele trabalha e evitar ir nesses dias. Ou poderia simplesmente não ir até lá durante todo o verão.

Mas e se eu estiver fazendo a coisa errada? Nosso destino é realmente ficarmos separados?

Depois que as duas irmãs vão embora, caminho mais para dentro do campo, para longe de todos. Bem ali, no meio de tudo, com a brisa doce de verão roçando as folhas, faço um desejo. Peço à Energia para revelar meu destino. Para me dar um sinal caso meu destino seja ficar com Jason. E prometo a mim mesma que, se receber o sinal, não vou mais fugir da verdade.

23

É uma delícia se entregar à preguiça no verão. É incrível como tudo parece diminuir de velocidade quando não precisamos nos apressar para ir a nenhum lugar. É como se houvesse um acordo não escrito entre todos dizendo que não há problema em não se fazer nada. A atividade mais cansativa que fiz hoje foi preparar um suco de melancia com a mamãe. É verdade que ela fez a maior parte do trabalho. Foi a minha mãe quem comprou as melancias no mercado do produtor, carregou-as para casa e cortou-as. Mas eu fiquei responsável por bater o suco e coá-lo. O sabor da melancia se altera se a colocarmos na centrífuga, portanto não fazemos isso. Também fizemos picolés de melancia, de melão comum e de melão cantalupo. Os picolés combinam demais com dias muito quentes como hoje.

É um enorme alívio não ter dever de casa para fazer pelos próximos dois meses. O que faríamos sem as férias de verão? Provavelmente uma rebelião. Mas parece tão decadente ter o verão inteiro à minha frente, dois meses inteiros para ficar acordada até tarde e para fazer o que eu quiser. Como hoje, que estou aqui, deitada na rede, no quintal, lendo as revistas que adoro e tomando suco fresco de melancia. Eu deveria estar em êxtase.

Só há um problema.

Sinto saudades de Jason.

Já se passaram cinco dias desde que pedi meu sinal e nada aconteceu ainda. Talvez nada aconteça. Talvez as coisas devam ser assim mesmo. Mas é que parece que tem algo faltando. Como se houvesse mais na vida que eu ainda não descobri.

"Transatlanticism" toca pela terceira vez no meu iPod, repetindo a frase que diz "preciso de você muito mais perto".

"Preciso de você muito mais perto..."
"Preciso de você muito mais perto..."

A porta da varanda bate, me arrancando dos meus devaneios. Mamãe quer que eu compre algumas coisas no supermercado. Como papai não está em casa, não posso pegar o carro dele, que tem câmbio automático. O que significa que terei que usar o carro com o velho câmbio manual.

Detesto dirigir com câmbio manual.

Meu pai é um cara paciente. Mas houve uma vez, quando ele estava me ensinando a dirigir, que quase perdeu a calma. Eu ainda estava aprendendo como mudar de marcha sem empacar no meio da rua. Convergir para uma autoestrada era completamente impossível. Eu tenho pavor de fazer essas conversões, acho que é o tipo de coisa que só pessoas determinadas, que tomam conta das situações, conseguem fazer. Pegar uma autoestrada é para pessoas que riem do medo. Com certeza não é para quem acredita piamente que um caminhão vai esmagar seu carro assim que entrar.

No dia que meu pai quase perdeu a paciência, eu estava seguindo com o carro pelo caminho que leva à autoestrada.

— Aumente um pouco a velocidade — disse papai.

Eu apertei com relutância o pedal do acelerador. Queria muito estar em casa, mas ainda estava no carro.

Foi quando chegou a hora de mudar de faixa para seguir o fluxo que entrava na autoestrada. Meu coração disparou.

— Prepare-se para convergir para a autoestrada — avisou meu pai. Como se não fosse nada demais, como se ele estivesse dizendo "Apronte-se para a escola". Eu me perguntei por que ele não sabia o quanto fazer aquilo era traumático para mim.

Meus braços e pernas estavam tremendo. Meu pulso, muito acelerado. Não ia conseguir fazer aquilo.

— O que está fazendo? — gritou papai. — Entre na autoestrada!

— Não consigo! — gritei de volta. Os carros atrás de nós começaram a buzinar. Éramos os próximos na fila para entrar. Eu simplesmente não conseguia me obrigar a levar o carro para dentro daquele tráfego acelerado.

— O que...? Estacione aqui — meu pai me orientou. Quando estacionamos, ele explodiu, dizendo que eu poderia me matar se hesitasse demais no trânsito. Nunca o tinha visto perder a calma daquela maneira.

Todas as ruas até o supermercado são calmas, por isso meu nível de estresse se mantém dentro dos limites toleráveis. Mesmo sendo fácil dirigir até lá, ainda deixo o carro morrer duas vezes. Pelo menos não há ninguém ao redor para testemunhar a minha falta de talento com as marchas.

A lista de compras de mamãe têm os ingredientes para um churrasco de última hora. Todo verão damos uma festa para os nossos vizinhos. Costumo ficar conversando com a garota que mora um pouco acima, na minha rua. Mas não somos realmente amigas. Todo o restante do pessoal que vem ao churrasco ou é mais velho do que eu ou mais novo. Não é exatamente uma festa animada...

A maior parte dos legumes que estamos usando para a salada, e para grelhar, vem da nossa horta. Mas há algumas coisas que a minha mãe não cultiva, como pepinos. Por isso estou examinando os pepinos para encontrar os que estão firmes e têm a cor verde certa.

Alguém se aproxima, pega um pepino e usa-o para bater no que estou segurando. Sinto uma pontada rápida de irritação. Odeio quando os caras ficam me abordando em lugares públicos, assim. Principalmente os engraçadinhos.

Então percebo que o cara que bateu com o pepino no meu é Jason.

— Esse está bom? — ele pergunta. — Nunca consigo saber essas coisas.

— Pepinos podem ser ardilosos.

— Isso é um pepino? Então estou no lugar errado.

— Você se perdeu no supermercado?

— Devo ter pegado o caminho errado quando saí do setor dos bolinhos. Estou procurando framboesas.

— O quê?

— Ah, você nunca ouviu falar de framboesas? São fantásticas. Como pode não conhecer?

— Eu conheço framboesas.

Devo estar parecendo completamente doida. Mas é tão estranho ouvir Jason dizer “framboesas” no meio de tantas outras coisas que poderia dizer. Afinal, eu estava parada no meio de um monte delas, alguns dias atrás, desejando que meu destino se revelasse.

Obviamente é o que acaba de acontecer.

— Você está bem? — pergunta Jason, sem entender.

Eu apenas balanço a cabeça, confirmando. Estou sem palavras.

— Tem certeza?

— Balanço a cabeça mais uma vez.

— Então... tenho novidades — ele continua.

— Boas ou ruins?

— Hummm, eu diria que depende.

— No meu caso...

— Espero que você ache que são boas.

— Então, estou pronta. — Coloquei o pepino que estava segurando dentro do meu carrinho do supermercado. Nunca imaginei que fosse possível me sentir tão nervosa.

— Está certo, bem... você tem tido notícias de Erin?

— Sim. — Estou tentando me lembrar de quando recebi a carta dela. Erin foi para o acampamento há menos de duas semanas e só recebi uma carta até agora. Eu já mandei duas. — Recebi uma carta dela há três dias.

— Então ela não lhe contou.

— O que ela não me contou?

Os olhos de Jason ficaram verde-escuros.

— Nós terminamos o namoro.

— Ah.

— Sim... pois é.

Tenho vontade de perguntar quem terminou com quem, por quê, quando e como.

Mas não pergunto nada disso.

Jason está me dizendo isso porque quer sair comigo? Ele não sabe que é impossível?

— Enfim — disse Jason. — Só achei que você deveria saber.

Eu balanço um pouco mais a cabeça.

— Podíamos sair juntos um dia desses.

— Sim. — Eu queria tanto... — Com certeza. — Eu queria muito, muito mesmo. Mas o que diria a Erin? Na carta, ela me disse que eu deveria sair com Jason. Erin sabe como este lugar é isolado. Mas agora as coisas são diferentes. Sei que ela já não escreveria a mesma coisa.

— Ei, então, você pode explicar um pouco mais sobre esses pepinos? — diz Jason.— Como sabe quais estão bons?

— Simplesmente não pegue nenhum amassado e já estará bom.

— Uau. Nunca imaginei que fosse tão simples.

Checo a minha lista de compras.

— Tenho que pegar a maionese — aviso ao meu carrinho de compras.

— Posso ficar tomando conta das suas coisas, se você quiser.

— Ah. Obrigada. — Deixo o carrinho com Jason e vou à caça da maionese. Ele deve querer conversar mais. Se não, por que ficaria com o meu carrinho daquele jeito, quando poderia simplesmente se virar e ir embora?

A Energia definitivamente está nos juntando. A verdade é que, quando estava me vestindo hoje de manhã, já fiz isso com uma estratégia. Costumo usar vestidinhos o verão inteiro. Vestidos, ou short com camisetinha, todo dia. Hoje não escolhi nenhum dos vestidos que costumo usar. Alguma coisa me disse para colocar o mais bonito, o que raramente uso.

Quando volto, Jason está segurando um pepino.

— Encontrei o melhor. — Ele parece muito orgulhoso de si.

Testo o pepino.

— Você está certo. Esse é o melhor. Vou ficar com ele. — Coloco o pepino no carrinho. — Bem... eu preciso...

— É, eu também tenho que ir. Não posso ficar parado escolhendo produtos o dia todo.

Mordo meu lábio.

— Jase, você pode me dar uma mãozinha? — pergunta a mãe dele, aproximando-se com o próprio carrinho. Lembro-me dela de quando fomos à casa de Jason para fazer os certificados, depois da monitoria ao pessoal do Ensino Fundamental. — Ah, oi Lani. Como vai?

— Tudo bem — respondo. Não consigo acreditar que ela se lembre do meu nome. Só a vi aquela vez.

— Um segundo só, mãe — fala Jason, que se vira para mim. — Então... vejo você por aí?

— Está certo.

Dirijo o carro até em casa com a cabeça zonza. Arrumo as compras com a cabeça zonza. Arrumo um pouco e fico outro tanto parada olhando pela janela. Papai está no quintal tentando descobrir como funciona a nova churrasqueira ecologicamente correta.

Quando tiro os pepinos da bolsa de compras, um pedaço de papel cai sobre a bancada. Não tenho ideia do que seja.

Mas assim que o desdobro, tudo fica claro.

"Sopa aguada uva dos amores de espécies sulistas. Doze emas. Vapor ontem com elefantes".

Não há como lutar mais contra isso. E nem quero.

Teclo o número de telefone de Jason. Ele atende na mesma hora.

— Também sinto saudades de você — digo.

24

— Tem certeza de que o trem não passa por aqui?

Jason continua insistindo que essa parte dos trilhos da estrada de ferro não é mais usada. E eu continuo perguntando se ele tem certeza. Toda hora parece que escuto o barulho de um trem se aproximando, mesmo que ele nunca apareça.

— Não se preocupe — ele volta a me tranquilizar. — Esse trilho não é usado desde os anos 1970.

Eu tropeço na raiz de uma árvore.

Jason segura o meu braço.

— Você acha mesmo que eu a traria a algum lugar que não fosse seguro?

— Não acho, não.

— Confie em mim.

Sinto como se pequenos choques elétricos corressem pelo ponto onde Jason segura o meu braço. Ele também deve estar sentindo.

Ou não. Porque Jason simplesmente continua a falar.

— Há uma ponte bem legal ali.

Já havíamos caminhado uns três quilômetros. Entendo por que Jason gosta tanto de caminhar pelos trilhos. Há todas essas áreas secretas no bosque, velhas placas e trilhos escondidos que nunca veríamos se não estivéssemos desse lado.

— Eu costumava brincar naquele parquinho — diz Jason.

— Que parquinho?

— Está vendo? Por ali? — Ele se coloca atrás de mim e aponta para onde está olhando.

Vejo apenas uma extensão interminável de folhas verdes.

— Hummm... — Estou com o corpo pressionado contra o dele e consigo sentir o cheiro do tecido macio da camisa que está usando.

Estamos, os dois, suando muito por causa do calor.

Esqueço a pergunta que ele me fez.

— Bem ali. — Jason pega a minha mão e aponta com ela.

Só então consigo ter um vislumbre do parquinho. Parte de uma caixa de areia. Água jorrando de um chafariz. Um caminhãozinho de brinquedo, amarelo.

— Ah! — Agora reconheço. Eu sempre via esse parquinho da estrada, por isso custei a reconhecer visto de outro lugar. — Eu também costumava brincar aqui!

— Uau! — Jason se afasta de mim. Ele parece espantado.

— O que foi?

— Você costumava brincar na caixa de areia?

— Eu adorava a caixa de areia.

— Você tinha um balde vermelho e uma pá com... um desenho qualquer nela.

— Uma carinha sorridente.

— Sim! Isso!

— Como você sabe?

— Nós brincamos juntos. E você me emprestou seu balde.

— Espere. — Agora eu me lembro direitinho de Jason. Ele costumava pegar emprestado o meu baldinho para levar quase metade da areia da caixa de uma ponta para a outra. Então ele pegava água do chafariz e construía imensos castelos de areia. Bem, ao menos pareciam imensos naquela época. — Eu cheguei a lhe perguntar por que você não tinha o seu próprio balde?

— Acho que sim.

— E o que você disse?

— Não me lembro.

— Nem eu.

— Mas você se lembra de mim.

— Sim, lembro.

Aquilo era demais. Era como se não tivéssemos outra escolha que não a de ficar juntos. O Destino já se decidira sobre nós havia muito tempo.

Antes de eu começar a aprender mais sobre o Destino, sempre ficava estarrecida quando aconteciam coisas como essa. Mas quanto mais as percebia, menos surpresa ficava ao ver que essas conexões realmente existem. São ligações que estão ao redor de todos nós, e, se estivermos abertos, teremos mais consciência delas. Por isso, apesar de estar impressionada, não estou tão chocada quanto Jason. É claro que brincamos juntos quando éramos pequenos. Isso, agora, faz todo sentido.

Algumas pessoas acham que coisas como essas só acontecem nos filmes. Como em *Uma Americana em Paris*, quando a atriz Parker Posey vai até Paris para procurar por um cara e, logo que ela desiste e já está pegando o metrô para o aeroporto, esbarra com ele dentro do trem. As pessoas que duvidam do Destino veem uma coisa dessas e reclamam que nunca acontecem na vida real.

Mas acontecem.

— Então... por que não ficamos amigos durante esse tempo todo? — pergunta Jason.

— Não sei. Acho que as pessoas crescem e tomam caminhos separados.

— Mas nós frequentamos a mesma escola.

— Sim, mas quantas aulas tivemos juntos até hoje?

— Mas você sempre esteve... lá.

Acho que Jason está começando a entender o poder do Destino. Ou talvez ele já saiba, como eu sei, que a pessoa com quem ele está destinado a ficar esteve aqui esse tempo todo.

Andamos por mais três quilômetros, até a Green Pond Road. É a rua de Jason.

— Quer tomar um sorvete? — ele pergunta.

— Quando não quero tomar um sorvete?

— Acho que... nunca?

— Ei, você é bom em adivinhar.

Há uma sorveteria antiga, perto de Green Pond, chamada The Fountain. Como estou passeando com Jason e, aparentemente, não estou mais tentando evitá-lo, posso finalmente frequentar a sorveteria sem me preocupar em esbarrar com ele. O que é um alívio tão grande que nem tenho palavras para descrever. O lugar tem o melhor sorvete do mundo. Eles também têm um sofá púrpura, macio, que eu adoro. A sensação quando sentamos nele é de estarmos afundando em uma nuvem. Espero que o sofá esteja livre, porque já passei horas sentada nele, desejando que, um dia, o garoto que eu amasse estivesse ao meu lado.

Não que eu ame Jason, ou coisa parecida, estou só obcecada com o sofá.

Mas também estou preocupada com a possibilidade de alguém do colégio nos ver. Se Erin e Jason ainda estivessem juntos, não seria nada demais. Ninguém sabe, ainda, que eles terminaram, mas se alguém nos vir e contar para Erin quando ela voltar, Erin saberá que eu e Jason continuamos a nos ver mesmo depois que Jason terminou com ela. E como eu explicaria o motivo?

Quando entramos, fico aliviada ao ver que não há ninguém conhecido. Mas o sofá está ocupado. Eu tomo um sorvete de melão e Jason escolhe um de melancia. Coloco meu copinho sob o nariz dele e digo.

— Sinta esse cheiro.

Ele inspira.

— Uau! É intenso.

— Eu sei! — O sorvete de melão é bom demais. E seu aroma é como se houvéssemos acabado de abrir um melão fresquinho. — Costumo pedir o de melancia, mas estou com overdose de melancia fresca ultimamente.

— Entendo. Elas estão deliciosas nesta época do ano.

Nós nos sentamos em uma mesa perto da janela. Não vou tomar

o sorvete do lado de fora de jeito nenhum. Estou desesperada para sentir o frescor do ar-condicionado. Nós dois estamos.

Antes de começarmos a tomar, brindamos com as colheres e dizemos:

— Saúde!

Então eu pergunto:

— Como está o trabalho de salva-vidas?

— Muito bom! Tenho a sensação de que... não sei.

— De quê?

— A sensação de que, só de ficar sentado ali, já estou protegendo alguém, de algum modo. Só por ficar observando as pessoas. E só de saber que poderia salvar qualquer um ali, se fosse preciso, faz com que eu sinta que estou fazendo alguma coisa importante todo dia, entende?

— Com certeza.

— Acontece a mesma coisa com as crianças de quem sou monitor. Gosto de ajudá-las. Quando elas conversam comigo sobre seus problemas e posso ajudar a resolvê-los, percebo que não estou perdendo o meu tempo. Estou fazendo alguma coisa importante para as pessoas.

Eu balanço a cabeça, assentindo. Esta é a primeira vez que Jason diz alguma coisa assim. Ele costuma conversar comigo sobre assuntos pessoais, mas nunca havia falado sobre seus sentimentos. Mantinha tudo em um nível mais superficial.

Então Jason continua.

— Como vai indo a natação?

— Não estou mais fazendo.

— Acabou? Que legal!

— Não... eu saí.

— Ah... Por quê?

Aqui está o motivo: eu quase me afoguei na última aula e reagi muito mal. Achei que estava me afogando, mas, na verdade, estava em uma parte da piscina onde poderia simplesmente ter ficado em pé e estaria tudo bem. É que desde o acidente, fico completamente fora de mim quando a água se torna remotamente assustadora.

E é embaraçoso demais ficar cuspindo água para todos os lados, com todo mundo me encarando, preocupado. Por isso parei de ir às aulas. Mas ainda quero aprender a nadar antes da minha reunião de família no Havaí. Tenho um ano para isso. Talvez consiga encontrar uma outra aula, em que ninguém veja os meus ataques.

Mas não admitiria nada disso para Jason.

— Simplesmente não tenho talento nessa área — digo a ele.

— Isso não é verdade. Qualquer um pode aprender a nadar.

— Como você sabe?

— Ora, sou um salva-vidas, lembra-se? Desenhar círculos perfeitos não é o meu único talento.

— Então por que estou demorando tanto para aprender?

— Cada um tem seu tempo para aprender. Posso lhe ensinar.

— É mesmo?

— Quando quiser. Basta dizer.

— Talvez eu faça isso. — Seria muito legal... Aposto que Jason é mesmo um bom professor. Eu vi o jeito dele com os garotos de quem é monitor. Jason é paciente e divertido, duas características essenciais para tornar qualquer aprendizado mais fácil. Além de saber o que está fazendo, e ele sabe. O lado ruim seria ele ver como eu sou patética e, talvez por isso, deixar de gostar de mim. Nadar é obviamente importante para ele. Mas talvez só a vontade de aprender já seja o bastante, mesmo que eu seja um fracasso.

Quero estar com ele. Não tive notícias de Erin depois do rompimento dos dois e não há como eu mencionar a ela o que está acontecendo. Erin jamais entenderia.

Gostaria tanto que essa situação não fosse tão difícil... Porque adoro o jeito como me sinto quando estou com Jason. O modo como somos juntos. O modo como posso dizer o que ele está pensando só de observar a cor de seus olhos. Nossa história secreta da caixa de areia. É como se fôssemos feitos um para o outro.

Se isso não é Destino, não sei o que poderia ser.

25

Decidimos chegar cedo para encontrar o melhor lugar. Já está ficando cheio e abrimos nossa manta em toda a sua extensão. Então, ajeito nossos chinelos na parte de baixo.

— Marcando território — diz Jason.

— Odeio quando as pessoas tentam invadir o espaço das outras.

— Entendo. Mas não se preocupe. Ninguém teria chance contra esses chinelos.

— Chinelos são ferozes.

— Exatamente. — Jason sorri e seus olhos cintilam. Como se houvessem se acendido só para mim. Então ficamos sentados ali, nos olhando, sem dizer nada. O sorriso dele começa a sumir. — Ei, ahn...

— Você quer um picolé? Eles têm... ah, ou uma raspadinha? Adoro essas raspadinhas!

— Claro. Mas eu pago.

— Não se preocupe. — Fico de pé em um pulo e calço meus chinelos. — Deixe que eu pago.

— Tem certeza?

— Absoluta. De que sabor você quer?

— Essa é uma ótima pergunta. Hmmm. Bem, hoje é o 4 de julho, dia da Independência... Será que eles têm aqueles picolés com faixas vermelhas, brancas e azuis, como as da bandeira?

— Ah, claro! Aqueles que parecem uns foguetinhos?

— Esses!

— É melhor que tenham. Volto logo.

Vou até a carrocinha de sorvete com o coração agitado. Tive a sensação de que Jason estava prestes a dizer uma coisa que eu ainda não estou preparada para ouvir. E se ele me chamar para sair? Não posso sair com Jason. Ele acabou de terminar com a minha amiga.

A palavra-chave é terminar. Isso significa que o que estamos fazendo agora é algo como um encontro? Ou é um encontro? Será que Jason pensa que estou aqui com ele porque quero ser sua namorada? Como se eu pudesse... Quero dizer, sair junto como amiga é uma coisa. Mas há um limite. E depois que se cruza esse limite, não há mais volta.

Quando volto com nossos picolés, o sol está se escondendo atrás das árvores. Recostamo-nos sobre a manta e ficamos observando. O pôr do sol tinge o céu de rosa e vermelho.

— Legal — diz Jason.

— Eu sei.

— É estranho como as árvores parecem estar pegando fogo — ele comenta. — É como se estivessem refletindo a luz do sol, não?

Jason é o único garoto capaz de entender as árvores em fogo ao pôr do sol. A maior parte dos caras nem sequer percebe coisas como cores e luz do modo como eu percebo.

— Então você também decidiu pelas cores do feriado — ele diz.

— O quê?

Jason aponta para o picolé dele e, então, para o meu.

— Ah. Bem, você me inspirou, por isso não tive escolha.

— Saúde. — Ele encosta o picolé dele no meu.

— Saúde. — E nós brindamos com os sorvetes.

E voltamos a observar o pôr do sol.

Quando a queima de fogos começa, todos aplaudem. Eles são azuis e púrpura, junto com outro tipo, vermelho, do mesmo tom do pôr do sol. Há outros que parecem flores explodindo. E outros que são como chuva verde. Os meus favoritos são os de coração. E os de carinhas sorridentes.

A melhor maneira de assistir a um show de fogos de artifício é deitada de costas, com a cabeça apoiada em um travesseiro. Como eu só trouxe um travesseiro, nós o estamos dividindo. Coloquei a minha fronha preferida — a que tem um gato com listras pretas e brancas usando um enorme par de tênis vermelhos.

Quando a queima de fogos termina, todos aplaudem novamente. Então começa uma grande agitação, com todo mundo arrumando o que levara e sacudindo as mantas para tirar as folhas de grama. O cara que está sentado perto de nós, ao lado de Jason, sacode a manta no ar, jogando grama em cima de Jason.

Ele limpa as folhas de grama do nariz.

— Acho que ele não notou que eu estava sentado aqui.

— É difícil não notar você.

— Obrigado.

— Ah, por favor. Como se alguém pudesse não perceber você.

Jason está novamente com aquele olhar. Aquele que deixa os olhos dele verde-escuros. O que não me deixa respirar direito.

— Vamos ficar — digo a ele.

— Está certo.

Não quero ir embora. Nunca mais. Está tão perfeito aqui... a noite está linda, o céu parece enorme e há uma doce brisa de verão soprando. Parece que o parque é só nosso. Principalmente depois que todos vão embora. Somos as duas últimas pessoas ali, no meio do nada. Simplesmente deitados, dividindo o meu travesseiro, olhando para o céu imenso ao nosso redor. Somos as duas únicas pessoas do mundo.

Quero que alguma coisa aconteça, mas ao mesmo tempo não quero. Não sei o que quero. Ou sei. Mas não deveria querer.

— Vaga-lumes! — avisa Jason.

— Onde?

— Está vendo ali? — ele aponta. — Lá em cima, perto...

— Ah, estou vendo! Lá está outro!

— Eles agora estão voltando. Os fogos de artifício os assustaram.

— Adoro vaga-lumes!

— Eu sei.

Então começamos uma disputa para ver quantos vaga-lumes diferentes conseguimos contar. O que, obviamente, é uma disputa tola, já que os vaga-lumes não param de voar ao nosso redor, nos mesmos círculos. Não há como diferenciar um do outro.

— Dezessete! — eu grito.

— Está desclassificada. Você já havia contado aquele.

— Como você sabe qual eu já contei?

— Por favor! Você obviamente sabe que é aquele.

— Qual?

— Ah, está certo. Como se não soubesse qual.

Jason se ajeita no travesseiro e, agora, sua cabeça está tocando a minha. A parte da minha cabeça que toca a dele está toda arrepiada. Será que ele vai afastar a cabeça? Jason se mexeu de propósito, para que nos tocássemos desse jeito? Quero que a minha cabeça continue a tocar a dele, mas estou com medo de parecer tola, de ficar me movimentando daquele jeito idiota como acontece quando estamos tão conscientes de que uma parte nossa está tocando outra pessoa que tentamos, com empenho demais, não nos mover.

Talvez eu deva apenas tentar relaxar.

Os grilos começam a fazer barulho. As estrelas parecem se mudar para novas posições. E mais vaga-lumes piscam ao redor.

Quando Erin e eu éramos pequenas, tínhamos coleções de vaga-lumes. Isso foi antes de eu perceber que não deveria tirar coisas vivas de seu hábitat natural e mantê-las em cativeiro. Nós costumávamos ir para o meu quintal, estender os braços e deixar que os vaga-lumes pousassem em nós. Ou os caçávamos, tomando cuidado para não machucar suas asas. Na verdade, a maior parte das fêmeas não consegue voar, mas todos emitem luz.

Essa luz é um sinal para outros vaga-lumes. Eles acendem como se dissessem: "Ei! Gosto de você. Vamos ser amigos". Na verdade, acho que eles querem ser mais do que amigos quando fazem isso. O que me faz pensar no modo como também deixamos sinais no mundo para que as outras pessoas vejam. Para deixar que saibam que nos sentimos solitários. Ou que estamos procurando novos amigos.

Ou que queremos um namorado.

Não que eu esteja exatamente procurando. Quero dizer, toda garota que eu conheço quer um namorado ou uma namorada. A maior parte das garotas quer tanto um namorado que só consegue pensar nisso. Elas acham que, assim que arrumarem um namorado, a vida delas vai ficar perfeita no mesmo instante. Parece que não lhes ocorre que a razão para se sentirem solitárias, ou tristes, ou entediadas, pode ter a ver com elas e não com a falta de outra pessoa.

— Lani.

— Oi.

— Oi. Estou realmente me divertindo.

— Eu também.

Jason move o braço de modo a tocar o meu. Muito bem. Agora eu sei que ele fez isso de propósito.

— Não, quero dizer... só de estar aqui com você — ele continua.

— Eu sei. Também estou gostando.

Então Jason coloca os dedos sobre a minha mão. E entrelaça os dedos aos meus.

E estamos de mãos dadas.

Juro que, nesse momento, a Terra para de girar.

Devo dizer alguma coisa? Ou devo esperar que Jason diga alguma coisa? E se eu esperar e ele não disser nada, e acabar pensando que eu não disse nada porque não tem problema ele me dar a mão?

Não tem problema ele me dar a mão?

É claro que tem problema. Erin ia ficar louca se soubesse. Imagine que você é Erin e que está fora, em um acampamento, pensando que tem o namorado perfeito esperando por você quando voltar para casa. Então, ele lhe diz que está tudo terminado. Antes de haver realmente começado. Como se sentiria se, além de tudo, ele ainda saísse com a sua melhor amiga.

Seria a morte. Era assim que você se sentiria.

Portanto, como posso fazer isso com Erin? Como posso ficar deitada aqui, como se estivesse tudo bem, com nossas cabeças coladas sobre o meu travesseiro, de mãos dadas?

Afasto-me um pouco para o lado, para que possa olhar para Jason. Os olhos dele estão fechados. Fico encarando seu perfil no escuro, memorizando-o. A curva do nariz. O formato dos lábios.

Não sei o que está acontecendo comigo. Acho que chega um ponto em que não conseguimos mais lutar contra. Simplesmente não há como evitar. Porque o sentimento assume o controle. E nunca mais abre mão dele.

Jason abre os olhos. E se vira para mim.

Nosso rosto está muito, muito próximo. Ficamos nos encarando. Ele toca a minha bochecha e afasta um fio de cabelo.

— Não podemos fazer isso — eu digo.

— Por que não?

— Erin é a minha melhor amiga.

— Então ela quer que você seja feliz, certo?

— Sim, mas...

— Lani — Jason sussurra. — Nós pertencemos um ao outro.

Então ele me beija.

Não há tempo para pensar a respeito.

Não há como voltar atrás.

Nossos lábios continuam colados, como se nenhum de nós dois quisesse ser o primeiro a se afastar.

Ficamos ali, deitados na nossa manta, de mãos dadas. Não sinto o tempo passar. Essa é a noite mais intensa da minha vida. Não quero me preocupar. Só quero experimentar essa sensação que sei que jamais voltará a acontecer desse jeito.

Mas, de repente, me lembro de que minha mãe me disse para estar em casa às 23 horas.

— Que horas são? — sussurro.

Jason solta a minha mão e aperta um botão em seu relógio de pulso. Uma luz se acende.

— Uau! — é só o que ele diz.

— O que houve?

— O relógio não pode estar certo.

— O que houve?

— A que horas você disse que deveria estar em casa?

Sinto meu estômago se revirar.

— Às 23 horas. Por quê?

— É 1h15.

— Não brinca.

Ele me mostra o relógio.

Estou encrencada.

— Ligue para a sua mãe. — Jason pega o telefone celular. — Pergunte se pode ficar um pouco mais.

— Não há a menor possibilidade de ela me deixar ficar.

— É seguro. Não há ninguém aqui.

— Exatamente. Portanto, se algum doido com uma faca aparecer atrás de nós, estamos fritos.

— Isso não vai acontecer.

— Como você sabe?

— Simplesmente não vai. E se acontecesse, e não vai acontecer, eu a protegeria.

— De um cara louco com uma faca?

— De qualquer pessoa.

Eu quero tanto ficar. Quero ficar aqui para sempre. Mas, se não ligar agora para a minha mãe e for para casa, ela vai me matar. Isso se o cara louco com uma faca não me matar primeiro.

— Tenho que ir — digo a ele. — Você pode me dar uma carona para casa?

— É claro.

Jason parece estar se sentindo exatamente como eu. Bem, talvez não exatamente. Ambos estamos arrasados por termos que ir embora. Mas talvez só eu esteja me sentindo culpada.

26

— Qual é a palavra de treze letras para "bugiganga ou bibelô"? — pergunta meu pai. Ele adora começar uma nova revista de palavras cruzadas. Sempre que começa alguma, nós trabalhamos nela juntos.

— Badulaque? — sugiro.

— Essa tem nove letras.

— Hummm. — Estou tentando arrancar um grão de milho teimoso. Ele não quer se separar da espiga. Descaroçar milho sempre faz mais sujeira do que imaginamos, por isso estou sentada na escada da varanda dos fundos, com uma bacia entre as pernas. Papai está no balanço, determinado a acabar o jogo de palavras cruzadas antes do jantar. — Não pode ser acessório...

— Quinquilharia! — papai fala, animado.

— Muito bom.

— Obrigado, obrigado.

Gosto desses momentos com o meu pai. Como não costumamos conversar muito, as outras maneiras que temos de ficar juntos significam muito para mim. Acho que conversávamos mais quando eu era pequena. Só que, nessa época, nossas conversas se resumiam a eu falando um monte de coisas desconexas e ele me ouvindo. Às vezes papai me levava para o trabalho. Eu adorava vê-lo construir estufas. A melhor parte era logo depois que a estufa estava pronta, antes de colocarem as plantas. Lembro-me de ficar parada no meio de todo aquele vidro, de toda aquela luz, sentindo como se tivesse meu próprio reino mágico. Então, as plantas eram trazidas e dispostas ao meu redor e eu me sentia totalmente em comunhão com elas. Essas experiências de quando eu era pequena inspiraram o meu amor por tudo o que é verde.

Inspiro profundamente.

— Esse milho está cheirando tão bem!

— Ahã — murmura papai, já envolvido com uma nova palavra.

— Mal posso esperar pelo jantar!

— Você está de bom humor.

— Normalmente estou de bom humor.

— É verdade, mas hoje ele está ainda melhor.

Será que ele pode imaginar de onde vem meu bom humor? Espero que não. Esse é o tipo de coisa que eu jamais poderia falar com meu pai. Ele deixa todos esses assuntos relacionados com garotos, incluindo "a conversa", quando eu tinha 11 anos, por conta da mamãe.

Jason e eu estamos nos vendo todos os dias que podemos. Ele faz com que eu me sinta viva de um modo que sempre desejei ser possível. É claro que só podemos ficar juntos como queremos quando não há mais ninguém por perto. Encontramos com um pessoal da escola, mas, ou eles já sabiam que estávamos saindo juntos, ou não se importaram.

Ah, espere aí. Greg se importa.

Eu estava no trabalho hoje quando Greg se aproximou, falando:

— Eu vi você junto com Jason, na The Fountain, na noite passada?

— Não sei — respondo. — Você viu?

— A menos que fosse alguma outra pessoa se escondendo em uma mesa do canto com ele, acho que vi, sim.

Volto a colher framboesas. Vou poder levar um litro delas para casa hoje, por isso quero me concentrar em encontrar as maiores.

Greg continua a falar:

— Ei, não estamos conversando?

— Estamos? Pensei que você estava só me dizendo onde eu estava na noite passada. Aliás, obrigada por me lembrar.

— Você precisa parar com isso.

— Para com o quê?

— Com o que quer que esteja tentando fazer. Ele já está com Erin.

Espere um pouco. Isso está esquisito. Jason e Greg são amigos. Então por que Jason não contaria a Greg que ele e Erin terminaram o namoro?

Não vou ser eu a contar as novidades.

— No caso de você não ter percebido, Erin é minha melhor amiga.

— Exatamente — retruca Greg. — Isso mesmo.

Evito esbarrar com ele pelo restante do dia.

É muito estranho se sentir feliz e frustrada ao mesmo tempo? Só quero estar com Jason de verdade. Mas ninguém pode saber o que realmente somos.

Meus pais com certeza não podem. Eles ficaram loucos quando fiquei fora até tarde, na noite dos fogos de artifício, duas semanas atrás. Os dois estavam fazendo a cena do "ficamos esperando acordados", quando cheguei em casa. Na verdade, aquela foi a primeira vez que tiveram que esperar por mim, porque nunca havia chegado depois da hora marcada. Pensei que, por isso, papai e mamãe iriam pegar leve, mas estava errada. Eles disseram que estavam desapontados comigo. Os dois quiseram saber com quem eu realmente saíra. Eu havia dito a eles que iria ver os fogos de artifício com Blake, Danielle e um pessoal do One World, mas, quando passou da meia-noite e não cheguei em casa, minha mãe ligou para o pai de Blake. Fiquei de castigo por uma semana. E mais: agora tenho que estar em casa às 23 horas em ponto, quando, antes, esse horário era mais flexível.

Meus pais sabem que saio com Jason. Só que pensam que somos apenas amigos. Ao menos é isso o que eu acho que eles acham. Os dois nunca comentam nada a respeito. Depois que contei a Blake sobre o fiasco do 4 de julho, ele disse que, de agora em diante, me daria cobertura. Blake é o único a quem posso confiar a verdade.

Mas essa história de esconder a verdade em algum momento vai ter que terminar. Toda vez que recebo uma carta de Erin sinto meu coração apertar. Morro de medo do dia em que ela descobrir o que está realmente acontecendo.

Quando recebi a primeira carta de Erin, depois do rompimento com Jason, deixei-a sobre a minha escrivaninha pelo restante do dia, evitando o momento de abri-la. Parti algumas melancias e fiz um suco. Fui trabalhar e peguei nove litros de framboesas. Vim para casa e tirei um cochilo na rede. Acordei toda suada e fui me refrescar tomando um banho no chuveiro que meu pai instalou do lado de fora de casa no último verão. Jantamos na varanda dos fundos. Fiquei com um grão de milho preso no dente e tive que passar fio dental. Quando voltei para o meu quarto, a carta ainda estava esperando para ser aberta, toda impaciente.

— Sim, sim — resmunguei. — Fique com as asinhas fechadas.

Eu sabia que tinha que abrir a carta. Tinha que a abrir, lê-la e lidar com o que estivesse escrito ali, mesmo que não fosse nada de bom. O que mais eu poderia esperar da primeira carta de Erin depois que Jason terminou com ela? Arco-íris cintilantes e carinhas sorridentes?

Não. Era mais provável que encontrasse nuvens pesadas e uma tempestade torrencial. E eu realmente não queria ser pega por uma tempestade.

Mas já estava no meio de uma. Por isso peguei a carta, sentei-me na minha cama e me forcei a lê-la. Não poderia me sentir pior por Erin. Meu coração doeu por ela. Minha amiga parecia muito infeliz ao descrever a carta de duas páginas que Jason lhe mandou, dizendo que o problema era ele, e não ela. Ele disse que ela era fantástica e tudo mais, mas que não achava que os dois eram as pessoas certas um para o outro. Jason disse que acreditava que ela seria mais feliz com outra pessoa. O que obviamente significava que ele seria mais feliz com outra pessoa.

"Como se isso fosse acontecer algum dia!", escreveu Erin. "Como vou voltar a confiar novamente em alguém?"

Ela tinha razão. Afinal, até onde Erin sabia, tudo estava indo muito bem com Jason até ele lhe dar o fora. Pior, ela não tinha a menor ideia de que eu estava envolvida. O que é a pior parte de tudo.

Alguns dias depois, recebi outra carta. Essa era diferente. Erin me contou sobre um garoto chamado Lee, e como os dois foram juntos a uma festa que o acampamento dela organizou junto com o acampamento dos garotos, do outro lado do lago. E sobre como, agora, os dois acampamentos faziam atividades juntos e como ela mal podia esperar pela próxima atividade, que seria a noite do cinema.

Ela sequer mencionou Jason.

As cartas de Erin ficaram cada vez mais animadas a partir daí. Chegavam cheias de notícias cada vez mais empolgadas sobre o acampamento, sobre Lee e sobre como estava se divertindo. Ela parecia uma pessoa completamente diferente. Se ainda estava chateada por Jason ter terminado o namoro, vinha conseguindo esconder muito bem. Parecia totalmente envolvida no romance que estava tendo no acampamento de verão, com Lee, e a intensidade dessa nova relação parecia ter feito com que ela esquecesse a tristeza pelo rompimento com Jason.

Agora que Erin estava com Lee, acho que finalmente vamos poder contar a ela sobre nós.

Jason não concorda.

— Não acho uma boa ideia — ele diz.

— Não podemos adiar isso para sempre — retruco. — Se Erin descobrir que estamos escondendo dela o que está acontecendo entre nós, só vai ficar mais zangada.

— Entendo o que está dizendo, mas já terminei com ela por carta. Não acho que outra carta com mais notícias ruins seja a melhor maneira de lidar com a situação. Devemos esperar até que Erin volte, para falar com ela pessoalmente.

Jason rema um pouco mais. Estamos saindo com o barco para um passeio pelo lago. Me sinto apavorada. Nunca concordei em deixar Jason me ensinar a nadar, mas ele vai me dar minha primeira aula de qualquer modo. Quando Jason me disse que o passeio não envolveria ficar realmente molhada, aceitei. O objetivo da aula é que eu comece a confiar na água. Jason diz que esse é o primeiro passo para aprender a nadar. Ele fala que, se eu não puder confiar na água, jamais conseguirei relaxar.

O barco balança um pouco. Agarro as laterais como se fôssemos afundar.

— Não se preocupe — diz Jason.

— Não estou preocupada — falo, ainda agarrando as bordas.

— Eu não disse que a protegeria?

— Sim.

— Bem, então pronto. Você está totalmente segura.

— Tem certeza?

— Por favor, Lani. Você acha que eu prometeria protegê-la se não pudesse garantir a sua segurança completamente?

— Não?

— Isso mesmo.

Nós já estamos muito longe da margem. Ou, ao menos, parece longe.

— Muito bem, agora... — Jason para de remar. Provavelmente parecemos dois pontinhos vistos da minha casa, flutuando em águas calmas, no meio do nada.

— Respire fundo — fala Jason.

Inspiro profundamente. Estou nervosa demais para conseguir inspirar mais fundo.

— Apenas respire — ele continuou, com tranquilidade.

Consigo me forçar a olhar ao redor, sem me mexer demais. É mesmo muito bonito ali. E mais fresco, o que, sem dúvida, é um bônus. É como se estivéssemos em um mundo só nosso. Como quando eu ficava parada no meio daquelas estufas novas, quando era pequena, olhando para o céu.

Jason avisa.

— Sshhh!

— Eu não disse nada — sussurro.

— O que parece esse som? — ele sussurra também, muito sério.

— Que...

— Espere!

Ficamos escutando. Tudo o que ouço é o arrulhar de um pombo selvagem. Eles costumam emitir esses sons muito característicos, que sempre me relaxam. Meu nível de estresse diminui bastante.

— Está falando do arrulho do pombo?

— Não, é... — Jason se inclina sobre a água. Agarro novamente as laterais do barco. — É a água. Está ouvindo?

— Na verdade, não.

— Ela está dizendo "Lani, conecte-se comigo" — Jason continua, em uma voz borbulhante.

— Pare com isso! — Eu solto as laterais do barco por dois segundos para dar um tapa em Jason. — Você fala "aguês"?

— É claro. É uma parte importante do treinamento para salva-vidas.

Reviro os olhos. Ele é muito bobo.

Jason ainda está achando que a piada tem graça.

— A água quer se conectar com você.

— Desde que eu possa fazer isso daqui do barco, tudo bem para mim.

— Você pode colocar a mão nela.

Solto a lateral do barco e estico os dedos na direção da água. Afundo a mão.

— Ahhh... — digo.

— É gostoso, não é?

— Sim. — Imagino como seria nadar no lago, cercada por essa água fria e tranquila. Quase consigo sentir. O que não consigo imaginar é como algum dia terei coragem de superar o meu medo.

27

Esse é o dia mais quente de todos. Deve estar quase 50 °C à sombra. Se eu tivesse que trabalhar hoje, provavelmente desmaiaria de insolação. Tudo o que quero fazer é sentar-me no sofá, com o ventilador na frente do rosto, e ler meu livro novo.

Mas não é isso o que está acontecendo, porque preciso ajudar a minha mãe na horta. Ela está me obrigando. Tentei argumentar lembrando o quanto é importante ler e que, por isso, eu deveria ficar dentro de casa. Mamãe rebateu meu argumento dizendo que saber encarar o mundo também é muito importante, portanto devo ajudá-la na horta. A menos que queira que a minha hora de chegar em casa deixe de ser às 23 horas e passe a ser na hora do jantar. Ela vem sendo absurdamente rigorosa desde o incidente do 4 de Julho. Minha mãe realmente não se esqueceu do que aconteceu.

Coloco um enorme chapéu de palha e abro a porta que leva à varanda. Um muro de umidade parece me atingir no mesmo instante. Mal consigo respirar. O sol está inclemente. É engraçado que eu costumasse implicar com os chapéus de jardinagem sem graça da minha mãe. Agora os uso o tempo todo.

O chapéu de palha de mamãe é ainda maior do que o meu e tem ridículos legumes de feltro ao redor da aba. Quase morro de vergonha. A única coisa boa é que a horta fica nos fundos, onde ninguém pode nos ver.

Trabalhamos em silêncio. Está quente demais para conversar. Mas, mesmo com o calor opressivo, sinto que preciso falar sobre Jason ou vou acabar explodindo.

— Posso lhe perguntar uma coisa? — digo à mamãe. — Hipoteticamente?

— Ótima ideia. Vai nos ajudar a não pensar nesse calor.

— Eu lhe disse que estava quente demais!

— Ah, mas está mesmo um calor escaldante. Só que a horta não pode ser ignorada.

— Então, voltando à minha pergunta. Vamos dizer que você esteja... no mercado do produtor. E alguém...

— Aliás, você irá comigo nesse fim de semana, certo?

— Estarei lá. — Às vezes ajudo a minha mãe no mercado de produtores locais, onde ela vende os legumes e verduras que cultiva (incluindo tomates, mesmo que eles sejam tecnicamente uma fruta). A cidade inteira ama os tomates de mamãe. Ela, com certeza, poderia participar de um desses concursos de melhores legumes se tivéssemos algum por aqui. Posso até imaginá-la erguendo um troféu gigantesco com um tomate de ouro no topo... essa é uma imagem apenas levemente menos constrangedora do que a de mamãe com seu chapéu de jardinagem com aba de legumes.

— Enfim — continuo —, vamos dizer que você esteja no mercado e alguém a aborde querendo os melhores tomates que você tem. Então você vende, vamos dizer, cinco de seus melhores tomates. — Puxo com força uma erva daninha teimosa que não quer sair. Deve ser uma companheira taurina. — Então, mais tarde, alguém se aproxima e diz que você vendeu seus melhores tomates para o fulano, mas que ele merece mais os tomates porque realmente adora tomates, e que a outra pessoa, que ficou com eles, nunca come tomates. Essa outra pessoa provavelmente vai deixar os tomates apodrecerem.

Mamãe abaixa a pá.

— Mas eu já vendi os tomates.

— É verdade, mas essa outra pessoa acha que merece mais.

— Bem, é uma pena, porque os tomates já se foram.

A conversa não está tomando o rumo que eu queria. Não posso falar sobre Jason contando de verdade sobre ele, por isso pensei na analogia com o tomate. De algum modo, faz mais sentido na minha cabeça.

Mamãe me encara.

— Você acha que eu deveria pegar os tomates de volta? Aquela pessoa que os levou a essa altura já estará em casa.

— Não. — Finalmente consigo arrancar a erva daninha teimosa com um puxão definitivo. — É bobagem. Esquece. — Já nem sei mais o que estava tentando perguntar.

A parte de trás dos meus joelhos está toda suada. Levanto para esticar as pernas.

— Os dois têm direito a esses tomates — diz mamãe —, mesmo que um deles goste mais de tomates.

— Esqueça os tomates. Muito bem, vamos dizer que... uma amiga sua tenha um bichinho de estimação. Um cachorro. E toda vez que você visita a sua amiga, o cachorrinho fica muito feliz ao vê-la, porque, obviamente, ele gosta mais de você. Talvez o bicho seja alérgico à sua amiga e realmente não deva ficar morando lá. Então sua amiga lhe dá o cachorrinho porque sabe que ele será muito mais feliz com você.

— Que tipo de cachorro é?

— É um... buldogue francês. Então você imagina que, dali em diante, tudo vai ficar bem, mas aí sua melhor amiga fica furiosa porque você ficou com o cachorro dela.

— O cachorro que ela me deu.

— Sim. Mas agora ela está furiosa porque você o levou e o quer de volta. O que você faria?

— Acho que dependeria do quanto eu já estivesse apegada ao cachorro.

— Você estaria muito apegada. Você ama o cachorrinho.

— E quanto a minha amiga ama o cachorro?

— Por que isso importa? Ele é infeliz com ela.

— Mas a questão não é o cachorro, certo? É sobre a amiga.

Como sempre, minha mãe está irritantemente certa. Sei que Erin vai ficar furiosa comigo. Só espero que não dure demais.

Depois do que parecem cinco vidas, terminamos o trabalho na horta. Vou direto para o chuveiro do quintal. Meu pai foi um gênio, instalando-o aqui, principalmente porque o chuveiro funciona com energia solar. Está tão quente que a água gelada está apenas fresca, por isso nem toco na torneira de água quente.

Passo o restante do dia dentro de casa, grogue de calor. Não há a menor possibilidade de eu ir lá fora novamente antes que fique mais tarde, de noite. Exatamente quando não posso ir.

Ter que chegar em casa até as 23 horas é terrível. Como alguém pode pensar que já está tarde a essa hora, quando nem sequer estamos em aula? Onze horas da noite não é nada. Não tem como eu ficar presa a esse horário. É muito injusto. Todo mundo que conheço pode chegar em casa até a uma hora no verão. Até mesmo os pais de Danielle deixam que ela fique fora até a meia-noite, e eles são bem rígidos.

Por isso não me sinto tão mal por sair escondida de casa para ficar com Jason.

Não haveria o menor sentido em ficar no meu quarto. Eu não conseguiria mesmo dormir. Tudo o que faria seria ficar deitada na cama, acordada, durante metade da noite, querendo estar com Jason. Portanto, como vou ficar acordada de qualquer modo, é melhor aproveitar esse tempo.

O terceiro degrau da escada da minha casa range. Se eu descer a escada bem devagar e ficar colada à parede, evitando o degrau barulhento, talvez consiga sair de casa sem acordar a minha mãe. Meu pai continuaria dormindo até no meio do apocalipse.

Seguro meus chinelos na mão e me esgueiro pela escada. Tenho certeza de que até os vizinhos conseguem ouvir as batidas do meu coração. Quando chego ao quarto degrau, estico bem a perna esquerda, para passar direto pelo degrau que range, me apoiando desesperada contra a parede. Sou baixa demais para esse tipo de contorcionismo.

Quando, finalmente, chego à base da escada, levanto os olhos para o andar de cima, nervosa, esperando que mamãe saia de repente do seu quarto e me deixe de castigo pelo restante da vida. Mas nada acontece. Não escuto nada.

Saio de fininho pela porta dos fundos.

Então é assim que é o mundo quando todos estão dormindo. Não resta quase nada da umidade opressiva do dia. A temperatura está pelo menos dez graus mais fresca. O único barulho que ouço é dos grilos. Há vaga-lumes por toda parte. Poderia me acostumar facilmente a explorar o mundo à noite.

Jason está esperando por mim na frente da entrada de carros. Ele parece tão feliz quanto eu. Atravesso correndo o restante da distância que me separa dele, o que não é fácil de fazer calçando chinelos. Quando o alcanço, me jogo em seus braços, apertando-o com força.

— Opa! — diz Jason. — Oi para você.

— Oi.

— Pronta?

— Sempre.

Jason estacionou o jipe longe o bastante para que ninguém o ouvisse ligar o motor. Entramos no carro. Ele ganhou esse velho jipe quando fez 17 anos. Está meio acabado, mas Jason tem orgulho dele. Gosto de andar no jipe, com o vento ao nosso redor. Às vezes é meio assustador quando estamos passando por uma estrada de terra esburacada. A sensação é de que o carro vai se partir em mil pedaços. Mas é daquele tipo de medo gostoso, sabe?

O jipe está sem capota. O vento quente nos cerca. Temos toda a cidade só para nós.

Se a vida pudesse ser sempre perfeita assim, não haveria ódio no mundo.

O telefone celular de Jason toca.

— Achei que o havia desligado — ele comenta, pegando o telefone que está apoiado no porta-copos do carro. — Droga. É o Greg.

— Não estamos aqui.

— Não dá! Greg já deixou uma mensagem antes sobre uma festa qualquer e não retornei a ligação. Ele vai me encher a paciência a noite toda se eu não atender.

Pelo que Jason me disse, ele não anda conversando muito com Greg. Por isso não contou que terminou o namoro com Erin. Jason não o tem visto muito desde o rompimento.

— Alô — Jason atende.

Greg está gritando tão alto que posso ouvi-lo perfeitamente.

— Cara! — ele grita. — Onde você está?

— Eu não vou — diz Jason.

— O quê? — Greg grita novamente. A música no fundo é muito alta. — Não estou conseguindo ouvir você!

— Eu disse que não vou à festa!

— Por que não?

— Estou ocupado.

— Com o quê?

— Umas coisas. Fica para a próxima vez.

— Venha logo para cá! — grita Greg.

— Tenho que ir.

— O quê?

— Falo com você amanhã!

— Você é um saco! — Greg grita mais uma vez.

Jason desliga o telefone.

— Você quer ir a essa festa? — pergunto. — Porque não me importo.

— Bem, eu me importo. A ideia lhe parece minimamente divertida?

— Ahn... não?

— Boa resposta — diz Jason. — Há uma razão para você ser a única pessoa com quem venho saindo neste verão.

A princípio achei meio estranho que Jason não tivesse um melhor amigo, mas agora entendo. Ele é amigo de várias pessoas, só não tem afinidade com elas em um nível mais profundo. Somos os únicos que entendemos um ao outro do jeito que queremos ser entendidos.

Quando chegamos ao topo da colina, a Lua enorme se agiganta à nossa frente. Nunca a vi tão grande... é quase assustadora.

— É como a lua da colheita, só que mais cedo — comento, impressionada.

— Já ouvi falar disso, mas não tenho ideia do que seja.

— A lua da colheita é a lua cheia mais próxima do equinócio de outono. — Não digo a ele o que a lua da colheita significa astrologicamente. Ela representa um tempo de resolução de questões emocionais. É um momento para se perdoar, deixar a bagagem para trás e se preparar para o renascimento. Não estou preparada para fazer nada disso. Por isso fico feliz por aquela não ser uma verdadeira lua da colheita.

A lua segue enorme e alaranjada no horizonte.

— Ela nasceu há poucos minutos — diz Jason. — Por isso parece tão grande. É uma ilusão de ótica.

— Eu sei. — Quando a lua está perto do horizonte, sua mente a compara com outros objetos ao redor, como árvores e casas. Se a lua parecesse sempre grande assim, seria incrível. Com certeza as noites ficariam muito mais iluminadas o tempo todo.

— Gostaria que ela pudesse estar sempre assim.

— Estava pensando exatamente nisso.

Encosto meu corpo no de Jason e fico observando a lua, tentando me agarrar ao máximo ao que estou sentindo. Não quero jamais esquecer esse momento.

28

É impossível acreditar que a escola comece em duas semanas. Não tenho ideia de para onde foi o verão. Acho que é isso o que acontece quando se está apaixonado. O tempo lhe prega peças.

Concordei com Jason que só contaremos a Erin sobre nós quando ela voltar para casa. Erin ficou um pouco mais no acampamento, para participar de um treinamento que permitirá que ela seja uma das monitoras no próximo ano. Desde que Greg me confrontou, dizendo que havia visto Jason e eu juntos, passamos a sair pouco em público. Jason prefere evitar todos a arriscar que Erin descubra alguma coisa antes de lhe contarmos. Só fomos ao cinema uma vez e estamos evitando a sorveteria. As poucas vezes que vimos alguém do colégio, nos comportamos casualmente. Hoje, Jason está trabalhando como salva-vidas no Green Pond. Estou por aqui também, perto do lugar onde ele fica, mas não demais, o que é totalmente inofensivo já que provavelmente não vou nem falar com ele.

Mas no instante em que ficamos sozinhos, não conseguimos tirar as mãos um do outro.

Só consigo pensar em beijar Jason. Minha pele arde de vontade de tocá-lo. É como estar com febre. Estou distraída até quando estou fazendo coisas simples como ajudar a minha mãe na horta. Uma vez arranquei um pé de tomate quando devia estar arrancando ervas daninhas.

Estou louca.

Só conseguimos ficar juntos, de verdade, à noite. Essas noites de verão com Jason têm sido muito intensas. Não consigo imaginar viver nada parecido com elas outra vez. Já sei que me lembrarei dessa época por toda a minha vida, não importa o que aconteça. Saí escondida de casa mais algumas vezes para vê-lo. Até agora, não fomos pegos.

Mal posso esperar que a noite chegue, para que finalmente possamos ficar a sós, para que eu possa beijá-lo por horas.

A espera é uma tortura.

Preciso passar mais filtro solar. Minha pele parece estar torrando. Tenho certeza de que seria uma delícia entrar no açude, mas isso não vai acontecer.

Quase todos estão na água. O calor hoje está insuportável. Passo mais filtro solar, principalmente ao redor da parte de cima do meu biquíni. Costumo não ter muito cuidado ao passar e acabo com queimaduras ao redor das alças.

Jason está sentado na cadeira alta de salva-vidas, observando a água. Ele está muito bonito hoje. Quer dizer, ele está bonito todo dia, mas há alguma coisa a mais hoje. Tudo o que quero é subir a escada e me sentar ao lado dele. Seria fantástico se pudéssemos ser um casal de namorados como outro qualquer. Como duas pessoas podem ter um relacionamento legítimo se ninguém sabe a respeito?

Jason me pega encarando-o. Ele sorri. Nós dois estamos usando óculos escuros, mas sei a cor exata dos olhos deles. Está gravada em minha memória.

— Oi, Lani — diz Connor. — Este lugar está ocupado?

— É todo seu. — Já encontrei com Connor aqui algumas vezes. Ele sempre vem me cumprimentar, mas essa é a primeira vez que se senta perto de mim. Gostaria que Blake pudesse estar aqui, mas ele tem ido ao estágio de soprador de vidro todo dia, enquanto eu trabalho apenas alguns dias da semana.

Connor abre sua toalha no chão; a estampa é de um alce e de dois caras.

— Que toalha de alce é essa? — pergunto.

— Ah! — Connor ri. — Tenho essa toalha há séculos.

— E quem são esses caras com ele?

— Bob e Doug. — Pelo modo como ele fala, eu deveria saber quem são Bob e Doug.

— Quem são eles?

— Você não sabe quem são Bob e Doug McKenzie?

— Não muito.

— Não acredito! — Connor então me conta sobre eles. Aparentemente os dois são famosos no Canadá. Eles têm alguma coisa a ver com donuts, homens bêbados e "tuques".

— O que é um "tuque"? — pergunto.

— Ah, sim. Sempre esqueço que vocês não chamam assim aqui. É um gorro para o inverno.

— Então por que não chamam apenas de gorro?

— É um gorro especial. Tem um pompom.

— Bem, se tem um pompom...

Connor espalha uma quantidade industrial de filtro solar sobre a pele.

— Como está a água? — ele pergunta.

— Ouvi dizer que está ótima.

— Você ainda não entrou?

— Não vou entrar.

— Por que não? O calor deve estar a uns mil graus.

— Gosto do calor. — Aquilo era uma enorme mentira. Mas prefiro mentir a ter que explicar de onde vem o meu medo da água. Connor provavelmente não sabe sobre o acidente. Quando ele se mudou para a cidade, essa já era uma história antiga no departamento de fofocas.

Passo as próximas horas folheando as revistas que trouxe, suando mais do que imaginei ser humanamente possível, conversando com Connor e olhando disfarçadamente para Jason. Quando não suporto mais o calor, começo a arrumar as minhas coisas.

Connor vira-se para mim.

— Posso lhe perguntar uma coisa?

— Claro.

— Você... ahn, bem, gostaria... de fazer alguma coisa uma hora dessas?

Ah, não... Tive o pressentimento de que isso estava prestes a acontecer. Desde aquele dia, na aula de arte, quando Connor insinuou que eu era bonita, tive medo de que as coisas terminassem assim.

Mas preciso esclarecer tudo.

— Está querendo dizer... como... um encontro?

— Sim.

Bem, agora as coisas se complicaram. Não posso chegar para Connor e contar que tenho um namorado. Ele vai querer saber quem é o cara e então o que vou dizer? Então, como digo a ele que não estou disponível sem explicar o motivo?

A única pessoa que sabe a verdade sobre mim e Jason é Blake. Sei que posso confiar nele para não contar nada a Erin, nem a mais ninguém. A princípio, não ia contar a ninguém sobre o nosso namoro. Mas estava louca de vontade de falar. Então contei tudo a Blake, logo depois daquele primeiro beijo. Ele ficou muito empolgado. Não poderia ter ficado mais animado por mim.

— Humm... — Connor é um cara incrível e ele é sempre tão legal comigo. Só que não há nenhuma fagulha entre nós. Então, talvez eu possa dizer que só gosto dele como amigo. Não era isso o que eu faria se não estivesse saindo com Jason? — Eu, ahn... — Mas me sinto mal, não quero magoá-lo. E, depois disso, ele pode não querer mais ser meu amigo. — Não posso... sair com você.

Connor fica encarando a toalha de alce.

— É porque... — Não quero que ele fique sem graça, por isso tenho que dizer alguma coisa. — Você consegue guardar um segredo?

— Claro — diz Connor. — Na verdade, sou muito bom nisso.

— Está certo, bem... estou saindo com uma pessoa. Mas é segredo, por isso você não pode contar a ninguém.

— Quem é?

— Não posso lhe dizer.

— Não vou contar a ninguém.

— Eu sei, mas mesmo assim não posso lhe dizer.

Connor sorri.

— É alguém escandaloso?

— Mais ou menos. — É tão bom estar falando sobre Jason, mesmo que Connor não saiba de quem estou falando. Estou ficando eufórica. — Sinto muito por não poder lhe contar.

— Pelo menos não fui rejeitado, não é?

— Você não foi rejeitado.

— É claro que você já está com alguém. Como não estaria?

— Você é um amor. — Guardo a minha garrafa de água na bolsa e calço os chinelos. — Nos vemos mais depois?

— Você vai voltar?

— Não, quero dizer... outro dia?

— Ah, claro.

Passo pela cadeira de salva-vidas de Jason e tenho que me controlar para não falar com ele. Estava planejando comentar alguma coisa sobre nosso encontro nessa noite, mas Connor estava me olhando. Não quero que ele desconfie de nada. Por isso, passo por Jason sem levantar os olhos.

29

A semana antes do começo das aulas parece voar e está marcada pelo rosto de Jason. Passamos juntos todos os segundos que podemos. Mas não estou mais saindo escondida de casa, à noite. Quase fui pega quando estava voltando, da última vez. Isso está reduzindo seriamente nosso tempo de qualidade juntos. Além disso, há todas essas outras coisas acontecendo.

SEGUNDA-FEIRA

Esse é o último dia que estou ajudando a minha mãe no mercado de produtores. Estamos terminando de arrumar nossas cestas de legumes e de colocar as placas de preços quando alguém me chama.

— Lani?

Levanto os olhos e vejo a mãe de Jason.

Ah, não. Não, não, não, não, não.

Essas são duas mães que não deveriam se encontrar. Minha mãe conhece todo mundo, por isso tenho certeza de que já encontrou a mãe de Jason antes, mas não sei se mamãe vai se lembrar exatamente de quem ela é. Desde que sejam mantidas a distância, nenhuma das duas vai descobrir quanto tempo eu e Jason estamos passando juntos. Nenhuma delas concluiria que somos mais do que amigos. Minha mãe já encontrou Jason e a mãe dele já me encontrou, mas ambas pensam que quando nós dois estamos juntos normalmente é junto com algum grupo.

A rede de fofocas das mães compete de igual para igual com a dos filhos. Não posso arriscar que a verdade seja revelada dessa forma.

— Oi — cumprimento, com relutância. Considero seriamente a possibilidade de me esconder atrás de uma cesta de abóboras. Mas ela provavelmente não é grande o bastante. — Mamãe, você conhece...

— Você é a mãe do Jason, certo? — Minha mãe estende a mão. As duas passam alguns minutos trocando informações sobre a volta às aulas. Tento parecer ocupada, mesmo que já estejamos com tudo pronto. Quando um cliente aparece na nossa barraca, quase o assusto com a intensidade do meu entusiasmo. Ele compra alguns pimentões.

Então fico sozinha com as duas mães.

Que estão me encarando.

— Estava dizendo como é bom que você e Jason tivessem se tornado tão bons amigos — comenta a mãe de Jason.

— Ah, você também percebeu isso? — pergunta mamãe, com uma expressão falsamente inocente.

Fico mortificada.

— Bem, é melhor eu ir andando — diz a mãe de Jason. — Tenho certeza de que logo a verei de novo, Lani.

Sinto meu rosto muito quente. É impressão minha ou as duas mães estão me olhando como se soubessem de alguma coisa que eu não gostaria que soubessem.

Está se tornando cada vez mais óbvio que não estou enganando ninguém.

TERÇA-FEIRA

Jason e eu declaramos que a noite será dedicada ao artesanato. Um dos garotos, no açude, deu de presente a Jason uns kits para fazer caleidoscópios que haviam sobrado do seu acampamento. Por isso, vamos fazer caleidoscópios. Também estou ajudando Jason a aperfeiçoar seu talento para desenhar círculos, pedindo que ele faça alguns planetas Terra de cartolina para eu colar em cartazes do One World.

Depois que meus pais conheceram Jason, tenho permissão para levá-lo ao meu quarto. Com a porta aberta. Ontem, tive a sensação de que meus pais sabem exatamente o que Jason e eu somos um para o outro, mesmo eu tendo passado o tempo todo dizendo o contrário a eles. Mas continuo insistindo que somos apenas amigos. Parte da intenção dessa noite de artesanato é que Jason vai poder ficar aqui em casa, comigo, e mostrar que nada está acontecendo.

Espalhamos todo o material em cima da minha cama. Jason está desenhando outro círculo perfeito.

— Como você consegue desenhar sempre esses círculos tão perfeitos? — pergunto.

— É um talento natural. Desenhar círculos é uma dessas habilidades que não podem ser adquiridas.

— Fascinante.

A cartolina range enquanto Jason corta.

De repente, digo, do nada:

— Eu já lhe contei de quando Erin e eu pedimos para uma vidente ler a palma de nossas mãos? — Nunca contei a Jason que a vidente sabia a respeito dele. Mas de repente preciso contar. Como Erin logo voltará para casa e as aulas também estão prestes a começar, preciso ter certeza de que as coisas entre nós não vão mudar.

— Quando foi isso?

— Ahn... em abril deste ano.

— Não, você nunca me contou.

— Ah. — Pego um dos círculos de cartolina de Jason. — Bem, foi... há uma vidente no centro da cidade que lê a palma das mãos e cartas de tarô... e eu e Erin entramos para fazer uma consulta. — Há alguns fiapos de cartolina na borda do círculo e eu os arranco. — Ela sabia a seu respeito. A vidente, quero dizer.

— É mesmo?

— Bem, ela não disse "Jason" ou algo assim, só disse que você estava... que você estava entrando na minha vida.

— Uau.

— Eu sei. — Passo a unha ao redor da borda do círculo.

— Como você sabe que ela estava falando de mim?

— Foi bem óbvio.

Jason pega o círculo da minha mão antes que eu o destrua completamente.

— Você quer que isso fique em outro formato, ou...?

— Ah! Desculpe.

— Não se preocupe. Há muito mais de onde veio este. — Jason começa a desenhar outro círculo. — Então... o que ela disse?

— Só que você era... importante para mim.

Sinto que estou prestes a começar a chorar. É muito difícil encontrar as palavras certas quando se tem medo de dizer coisas que queremos desesperadamente dizer. Estou com medo de que tudo mude depois que o nosso verão perfeito acabar. E, no fundo, passo o tempo todo em pânico com a volta de Erin. Agora, que ela vai chegar em poucos dias, é como se eu não conseguisse mais aproveitar meu tempo com Jason da mesma forma. Estou muito tensa. O desconhecido pode atacar a qualquer momento. E pode arrasar com a vida de alguém. Tudo muda tão rapidamente. Odeio não saber o que vai acontecer conosco.

Essa incerteza está me matando.

— Venha aqui — diz Jason.

Estico um pouco o corpo na direção dele.

— Não — ele adverte. — Aqui.

Me estico toda para cima dele e dou uma olhada para a porta aberta.

Jason passa os braços ao meu redor. Apoio o corpo contra o dele, sentindo-me segura por enquanto. Só me pergunto por quanto tempo essa sensação vai durar.

QUARTA-FEIRA

Houve alguns dias nesse verão que achei que eram os mais quentes de todos os tempos, mas hoje está mais quente do que todos esses outros dias juntos. Um passeio até Júpiter seria um alívio nesse momento. Jason tem que trabalhar, mas eu estou de folga, por isso convido Blake para nos refrescarmos na boia-colchão. O estágio dele acabou, mas Blake está completamente obcecado por continuar a soprar vidro. Seu orientador no estágio lhe disse que ele pode usar o espaço do ateliê uma vez por semana, depois da aula. O orientador quer até mesmo vender algumas das peças de Blake. Estou muito feliz por ele. Meu amigo merece que coisas boas lhe aconteçam.

Quando Blake aparece, de sunga, assovio.

— Me desculpe — brinco —, mas ninguém me disse que essa era uma festa sexy.

— Bem, seria se você fosse convidada.

— Ah! — Pego a mangueira e molho a boia-colchão. — Pronto?

— Uhu! — Blake dá uma corrida e se joga sobre o escorregador. — Quero ir de novo!

Adoro ver Blake assim, como se nada de ruim jamais houvesse acontecido com ele, como se não tivesse com que se preocupar. Blake nunca é feliz assim durante o período escolar. Realmente espero que, agora, que será um aluno do último ano, sua vida seja mais tolerável.

QUINTA-FEIRA

Blake quer dar uma olhada nos peixes na pet shop, por isso vou com ele. Toda vez que ele vem à minha casa, fica colado ao aquário, apaixonado por Wallace e Gromit. Blake quer ter um aquário quando estiver na faculdade. Ele teria um agora se visse a própria casa como um lar, mas não quer levar animais de estimação para dentro de um ambiente hostil.

A primeira coisa que vemos na pet shop é um gato branco assustador, sentado em seu próprio pedestal. Ele eriça o pelo, irritado. O bicho tem olhos estranhos, parecem lasers, e são mais expressivos do que olhos humanos. Sinto que aqueles olhos podem ler a minha alma. É como se dissessem: "Sim. Eu sei. Sei tudo o que você está pensando". O gato tem uma atitude exótica e imponente. Acho que é isso mesmo o que acontece quando se é colocado em um pedestal.

— Ele está me assustando — digo a Blake.

— Quem?

Aponto para o gato — que sabe muito bem que estou apontando para ele. Seus enormes olhos azuis se estreitam. "Sim. Sei o que você andou fazendo durante todo o verão. Sei que andou se esgueirando por aí."

Tudo o que quero fazer é ir embora logo dali, mas consigo comprar um brinquedo para Phil antes disso. Então, saio correndo da loja.

SEXTA-FEIRA

Jason tem uma surpresa para mim.

Vai me levar a algum lugar secreto. E não vai me dizer qual é. Estamos há três dias desse jeito, eu pedindo pistas e ele sem me dar qualquer uma. Você pode achar uma tolice fazer uma brincadeira dessas, a essa altura, mas eu adoro.

Também adoro estar no quarto de Jason. Aqui tem o cheiro dele. Todas as suas coisas estão nesse quarto. E a cama é muito confortável. Eu tomei conta dela enquanto Jason dobrava algumas roupas lavadas que a mãe acabara de trazer. A casa de Jason está sempre com o ar-condicionado ligado bem forte. Poderia, com certeza, morar aqui...

— Me dê uma pista — peço.

— Sem pista — diz Jason.

— Só uma pista pequenininha.

— Não vou dar nenhuma pista.

— Por favor?

— Achei que você gostasse de surpresas.

— Gosto ainda mais delas quando tenho alguma pista.

Ouvimos o barulho das patas de Phil vindo em nossa direção, pelo corredor. Ele para na porta do quarto e fica me olhando.

— Oi, Phil — digo.

Ele continua a me encarar.

— Você tem uma cara de lua cheia... Cara de lua cheia! — Deixo meu braço cair ao lado da cama e Phil vem até onde estou. Ele cheira a minha mão e fica esperando por carinho.

Tento uma nova abordagem com Jason.

— É dentro de algum lugar ou ao ar livre?

— Ambos. Sem mais pistas.

Phil levanta os olhos tristes e brilhantes para mim. Tenho vontade de lhe dizer que vai ficar tudo bem. O cachorrinho sempre parece estar preocupado. E também está sempre farejando alguma coisa no chão, como agora. Aproveito para pegar o brinquedo que comprei para ele, ontem, na pet shop. Aquela foi uma experiência bastante assustadora.

Quando sacudo o brinquedo, Phil rosna. Então ele cheira o brinquedo, pega-o entre os dentes e o leva para um canto, para ter alguma privacidade.

— Pronta? — pergunta Jason.

— Para... desculpe, o que é mesmo que vamos fazer? Eu esqueci.

— Boa tentativa.

Entramos no jipe e colocamos nossos óculos escuros. O sol da tarde está muito forte. Como a estrada só leva a um lugar, acho que finalmente descobri aonde estamos indo.

— Estamos indo para Smoke Rise? — pergunto. É lá onde aterrissam todos os balões de ar quente. Quando mamãe e eu costumávamos segui-los, sempre acabávamos ali. Eu gostava de ver as pessoas que andavam naqueles balões. Ficava imaginando que tipos de pessoas eram, se já haviam ficado com medo e como seria estar tão distante do chão.

— Talvez — diz Jason.

— O que poderíamos estar indo fazer em Smoke Rise?

— Hummm, não pensei realmente a respeito.

Quando finalmente chegamos, um balão está descendo. Nós descemos do carro e observamos a aterrissagem. Cada vez que um jato de chama injeta calor dentro do balão, ele faz um barulho alto, como um chiado.

— Isso é muito legal — comento. — Como você sabia onde os balões deles iam aterrissar?

— Eu não sabia.

— Nossa, então foi uma coincidência?

— Exatamente — responde Jason. Ele me dá a mão.

Examino as poucas outras pessoas que estão ali, mas não vejo ninguém do colégio. Não que eu ache que alguém do colégio estaria interessado em alguma coisa tão boba. É só que nunca se sabe com quem se pode esbarrar.

— Vamos — fala Jason.

— Para onde?

— Para a surpresa.

— Pensei que isso fosse a surpresa.

— O quê, isso? Não, isso é apenas um balão aterrissando. Você pode ver a qualquer hora.

— Então, qual é a surpresa?

Jason aponta para outro balão no chão. Então se vira para mim, muito animado.

— O que foi? — pergunto.

— Venha.

Vamos até o balão, que tem fitas com as cores do arco-íris presas nele. Há um cara parado, ao lado do balão, escrevendo alguma coisa em uma prancheta. Quando nos vê, cumprimenta.

— Olá, Jason.

— Ah, meu Deus — digo. — Você vai me levar para um passeio de balão?

— Se eu dissesse que não, conseguiria manter a expectativa da surpresa?

Eu sempre quis fazer um passeio de balão. E Jason sabe disso. Ele sabe e não ficou só sabendo, sem fazer nada. Não; Jason fez alguma coisa a respeito.

Só quando já estamos tão no alto que tudo parece absurdamente pequeno lá embaixo é que a verdade me atinge. Os problemas imensos com que lidamos todos os dias na realidade são bem pequenos. Estamos tão concentrados no que nos incomoda, que nem sequer tentamos ver a nossa vida de uma perspectiva mais clara.

Tudo vai ficar bem. Não importa o que aconteça depois que Erin voltar, não importa o quanto ela possa ficar furiosa, tudo vai funcionar da maneira que deve ser. Não é assim que funciona o Destino? A Energia influenciando nossas ações, nos guiando em direção ao nosso caminho? Se Jason e eu estivermos destinados a ficar juntos, então tudo o que aconteceu nesse verão foi do jeito que deveria ser.

É uma pena que Erin provavelmente não veja a situação da mesma maneira.

SÁBADO

Em um momento de colossal erro de julgamento, concordo em entrar no açude.

Desde que saímos juntos, no barco a remo, no lago, Jason me deu mais algumas aulas de natação, sem que houvesse nenhuma natação real envolvida. Mal cheguei a entrar na água. Em uma das vezes, caminhei com ele pela margem deixando que a água molhasse meus pés e procurando conchas interessantes. Depois de algum tempo, me senti confortável o bastante para entrar na água até a altura dos joelhos. Não foi assim tão ruim. Na semana passada, pegamos um trem que passava por várias cidades para chegar a uma piscina pública. Jason me segurou, enquanto eu boiava. Também havia boiado assim com o meu parceiro na aula de natação, mas agora sinto que posso confiar um pouco mais na água. Só que ainda não consigo me imaginar confiando completamente.

Mas esta noite estou animada com a ideia de entrar na água. Porque vamos nadar à noite.

O Green Pond é só nosso. Se alguém nos descobrir, Jason vai usar sua posição como salva-vidas para justificar a invasão. São apenas 21 horas, por isso acho que não haverá muito problema se formos pegos.

Ficamos um bom tempo na margem do açude, olhando para sua vastidão escura.

Jason pega a minha mão.

— Não se solte de mim — ele diz.

— Nunca vou me soltar de você. — Estou tão assustada que aperto a mão de Jason com força demais. Não consigo evitar. Desde o acidente, essa será a primeira vez que entrarei em algum lugar com uma grande quantidade de água que não seja uma piscina. A água natural é muito mais assustadora do que a água de uma piscina. Qualquer coisa pode acontecer aqui.

A noite está tão clara. Há milhões de estrelas. Encontro a Ursa Maior. Ela me confirma que estarei segura.

Damos um passo. Então outro.

A água chega aos meus tornozelos.

Então, aos meus joelhos.

E às minhas coxas.

Quando a água chega à minha cintura preciso parar por algum tempo.

— Isso é o máximo até onde consigo chegar — decido.

— Tem certeza?

— Tenho certeza absoluta.

— Bem, então vamos só ficar parados aqui por algum tempo e ver o que acontece.

Conversamos sobre tudo. Caminhadas sobre trilhos de trem, destino, horóscopo, nossos empregos de verão, a escola e ideias para novos bilhetes em código. Quando finalmente levanto os olhos para as estrelas, elas estão em posições diferentes.

— Acha que consegue entrar um pouco mais na água? — pergunta Jason. — Você está segura.

— Vou tentar.

Agarro com força a mão dele. Entramos um pouco mais. Logo, a água alcança os meus ombros.

— Você está indo muito bem — ele diz. — Não vou deixar que nada de mal lhe aconteça.

Jason está parado na minha frente, segurando as minhas mãos.

— Você me deixaria puxá-la por alguns segundos? Tudo o que você tem a fazer é bater os pés.

— Por quantos segundos?

— Três?

Será que consigo fazer isso? Enquanto meus pés estão apoiados no fundo do açude, sei que há pouca possibilidade de eu me afogar. Mas quando não sinto mais o fundo sob os pés...

Então me lembro do meu objetivo. Quero nadar no Havaí, no próximo verão. Quero experimentar a sensação de ser livre.

— Está certo — digo, por fim.

Jason parece surpreso.

— Tem certeza?

— Apresse-se antes que eu mude de ideia.

Dá certo. Jason me puxa e eu deslizo pela água por alguns segundos, batendo os pés. Fazemos a mesma coisa várias vezes, até que eu já não sinta mais medo.

Sempre esperei por esse momento, quando eu finalmente me sentiria forte o bastante para superar o medo. Quando tudo começaria a se encaixar no lugar. Minha vida finalmente tem a chance de ser tudo o que eu sempre quis que ela fosse.

Parte 3

Setembro ⁜ Outubro

"O Destino é como um estranho e impopular restaurante, cheio de garçons esquisitos trazendo coisas que você nunca pediu e de que nem sempre gosta."

Lemony Snicket

"O esperado é apenas o começo. O inesperado é que muda a nossa vida."

Meredith Grey, do seriado *Grey's Anatomy*

30

Às vezes, as coisas precisam piorar antes de poderem melhorar. Mas jamais imaginei que pudessem ficar tão piores.

31

Se há três meses você me dissesse que Erin veria Jason como um canalha, eu jamais teria acreditado. Mas aqui está ela, sentada na varanda da frente da minha casa, reclamando sobre o quanto Jason é canalha.

— Quem termina com a namorada enquanto ela está longe, em um acampamento? — Erin está falando alto. — Quem faz uma coisa dessas? Por carta?

Ela voltou há dois dias. Ainda não lhe contamos. É Jason quem vai falar com ela. Ele se sente responsável. Só que Jason está envolvido em algum evento familiar do feriado do Dia do Trabalho, por isso não encontrará com Erin até o começo das aulas.

— Quer mais limonada? — pergunto.

— Com certeza — responde Erin. — Esta umidade está absurda.

Encho o copo dela com limonada e acrescento uma fatia de limão. Adoro fazer isso, parece tão adulto.

Estava com esperança de que Erin fosse ficar arrulhando sobre o seu namoro de verão com Lee. Mas não é isso o que acontece. Nunca a vi tão furiosa. Ela não parou de falar sobre Jason desde que chegou. Está gritando o tempo todo, desde que a reencontrei ontem. E não está nem perto de terminar.

Encarar a realidade pode ser muito chato.

— Teria sido diferente se eu houvesse percebido a intenção dele — ela continua a gritar. — Se houvéssemos brigado ou alguma coisa assim. Mas estava tudo bem quando parti. Como isso mudou tão rapidamente? Eu nem sequer estava aqui!

Aceno com a cabeça, tentando parecer simpática. Esconder a verdade dela está me matando. Para ser sincera, essa raiva imensa de Erin está me deixando com medo de contar a ela, por isso me sinto bem aliviada por ser Jason quem vai contar.

— O que você acha que aconteceu? — ela pergunta.

— Ah... ahn...

— Por que diabos ele me deu o fora em uma carta idiota? Quem diabos esse garoto pensa que é?! — Erin sacode o copo com força e derrama limonada no chão.

— Desculpe — ela diz.

— Não tem problema. — Talvez esse seja um bom momento para mudar o foco da conversa para Lee. — De onde é mesmo Lee? — pergunto.

— De algum lugar mais para baixo no lago.

— Ele vai vir até aqui?

— Talvez.

— Isso é legal.

Uma pomba arrulha.

Erin não diz mais nada sobre Lee.

— Não acredito que vou ter que encarar todo mundo no colégio — ela diz.

— Não se preocupe. Ninguém sabe.

— Ah, mas vão saber. Os rumores rapidamente vão se espalhar. O que devo dizer quando me perguntarem por que não estamos mais juntos? Todos vão descobrir que Jason me deu o fora. — Ela fica com os olhos cheios d'água. — Nunca fui tão humilhada em toda a minha vida.

— Não se preocupe. Ninguém precisa saber. Jason não vai sair por aí contando para todo mundo.

— Como você sabe?

— Esse não é o jeito dele.

— Essa é boa — zomba Erin. — Também não achei que ele terminaria tudo comigo em uma carta idiota. Mas foi o que aconteceu. Quem sabe de que outras imbecilidades ele é capaz?

Assim que ela vai embora, ligo para Jason. Digo a ele que não posso vê-lo até que Erin saiba a nosso respeito. Passar o verão com Jason, só nós dois, foi uma coisa. Agora que Erin está de volta, não consigo encará-la se ainda estiver saindo com Jason. Me sinto a pior das pessoas. Já é difícil encontrar com ela e agir como se nada houvesse mudado. E agora, como vai ser, Erin vem para cá depois da escola e, depois que ela for embora, eu saio de fininho para me encontrar, às escondidas, com Jason?

Que diabo eu estava pensando?

— O que está dizendo? — Jason pergunta, ao telefone.

— Agora que ela está de volta, é diferente. Não posso me encontrar com você e fingir que nada está acontecendo. Não é justo com Erin.

— Está dizendo que não podemos mais nos ver ou só no colégio?

— Não podemos mais nos ver.

— Até ela saber.

— Isso.

— E depois que ela souber?

— Então não teremos mais que nos esconder.

Pego a Magic 8 ball e a sacudo. Mentalizo a minha pergunta: "Erin vai ficar bem?". A Magic 8 ball diz: "Tudo indica que sim".

— Escute. — Percebo que Jason trocou o telefone de ouvido. — Você sabe que quero conversar com Erin pessoalmente. Posso ver se ela quer se encontrar comigo, para conversar, quando eu voltar para casa, amanhã.

— Você vai até a casa dela?

— Na verdade, estava pensando em encontrá-la na sorveteria The Fountain.

Não digo nada. Como ele pode pensar em levá-la lá? É o nosso lugar.

— Lani?

— Estou aqui.

— Qual é o problema?

— Por que tem que ser na The Fountain?

— Não tem que ser em lugar algum.

— Mas você disse que queria contar a ela pessoalmente.

— E quero. Então aonde você acha que devemos ir?

Isso na verdade não tem importância alguma. Jason pode contar tudo a Erin na The Fountain, se quiser. Só que não quero que a imagem de Jason contando a ela que estamos juntos surja em minha mente toda vez que eu for tomar um sorvete.

Por que estou tão preocupada com isso?

— Não, está tudo bem — digo a Jason. — Vá à sorveteria.

— Eu ainda nem convidei Erin para se encontrar comigo. Ela pode dizer que não.

— E então?

— Então terei que contar a ela na escola.

— Mas ainda faltam dois dias para as aulas começarem.

— Está certo. Vou ligar para Erin e perguntar se ela quer se encontrar comigo amanhã à noite.

— Você tem certeza de que não se incomoda de contar a ela? Porque eu posso...

— Tenho certeza. Sou eu quem tem que fazer isso.

Depois que desligamos, todas essas perguntas irritantes que começam com "e se" começam a me assombrar. E se Erin quiser Jason de volta? E se ela disser isso a ele? E se ele se sentir mal pelo que fez e acabar voltando para ela? E se Jason não conseguir contar a verdade sobre nós?

Levo um susto quando o telefone toca. Já é Jason, ligando de volta.

— Foi rápido — digo.

— Ela desligou o telefone na minha cara.

— O quê?

— Sim. Nem consegui falar.

— O que ela disse?

— Nada. Quando Erin ouviu a minha voz, desligou.

— Você tentou ligar de novo?

— Para que ela desligasse na minha cara de novo? Acho que não.

— E agora?

— Eu poderia tentar mandar uma mensagem de texto para ela, mas duvido que Erin vá querer se encontrar comigo.

— Diga apenas que precisa falar com ela. Diga que é importante.

— Erin vai querer saber o porquê.

— Então acho que vamos ter que esperar até as aulas começarem.

Está tudo tão confuso. Acabei de dizer a Jason que não devemos nos ver até que Erin saiba sobre nós. Mas não vou aguentar esperar mais dois dias para vê-lo de novo. Só que não há muito que eu possa fazer a respeito. Não posso simplesmente chegar para Erin e dizer que Jason quer conversar com ela. Erin vai querer saber o assunto. E não posso contar nada a ela, porque Jason está insistindo que precisa ser ele a fazer isso.

— Bem... — fala Jason. — Vejo você na escola, então.

— Sim. Nos vemos lá.

Dois dias parecem uma eternidade. Não sei como vou sobreviver até lá. Tudo em que consigo pensar é em como é bom quando estamos juntos. Apenas ficar com ele, beijando-o e certa de que nada pode se colocar entre nós.

A não ser, talvez, a realidade.

32

Hoje é o pior dia de todos os que passei na escola.

Esqueça que Erin se recusou a conversar com Jason quando ele foi até ela. Esqueça que ela ainda não sabe.

Está correndo um boato pela escola dizendo que Blake é gay.

Nunca pensei que isso aconteceria. Não tenho ideia de como começou. Se as pessoas fossem espalhar essa fofoca, isso não teria que ter acontecido há muito tempo? Quem espalharia um boato desses, de repente, no último ano do Ensino Médio?

Blake não andou fazendo nada diferente para fazer com que alguém reparasse nele de repente. Ficou na dele durante todo o verão e passou a maior parte do tempo assoprando vidro.

Nada mudou em relação a ele.

Sou a única pessoa que sabe que ele é gay e eu jamais diria a alguém. Blake sabe que pode confiar em mim...

Espere.

Houve aquele dia com Jason, no último ano. Quando deixei escapar que Blake era gay. Jason prometeu que não contaria para ninguém. E acreditei nele. Ainda acredito.

Mas, se Jason não contou para ninguém, então quem contou?

Jason e eu temos aula de Física juntos, no segundo tempo. Teremos lugares marcados amanhã, mas hoje podemos nos sentar onde quisermos. Separei duas carteiras, uma ao lado da outra, para nós, no fundo da sala. Precisamos conversar.

Aceno quando Jason entra. Ele não sorri quando me vê, como pensei que faria. Mas está tudo certo. Também não estou sorrindo.

Jason se senta e logo pergunta:

— Você ouviu sobre Blake?

— É claro. A escola toda está falando sobre isso. — Estou tentando não ficar zangada, mas isso é um absurdo. Jason é a única pessoa que sabe sobre Blake. Quem mais teria deixado o segredo escapar?

O sinal toca e todos ficam calados. Depois que nossa professora entrega as regras de conduta da disciplina e começa a dar aula, abro meu fichário e pego um pedaço de papel.

Escrevo:

"Como as pessoas souberam sobre Blake?"

Dobro o bilhete e passo para Jason.

Ele escreve de volta:

"Não tenho ideia".

Então:

"Somos as únicas pessoas que sabemos. Ou éramos".

"O que está dizendo?".

"Você contou a alguém sobre Blake?"

"É claro que não! Não posso acreditar que você esteja me perguntando isso."

"Então, de que outro modo a notícia vazou?"

"Não fui eu. Juro."

Dou uma olhada em Jason. Acho que ele está dizendo a verdade. Por que contaria a alguém? Não é o tipo de coisa que Jason faria.

Depois da aula, Blake me encontra no corredor. Por causa do caos típico do primeiro dia de aula, ele consegue me puxar para uma das portas de saída, nas laterais, sem que nenhum adulto veja.

— Você contou para alguém? — ele pergunta.

— Não!

Blake não parece convencido.

— Tem certeza?

— Por que eu faria uma coisa dessas com você?

— Não sei, Lani. É isso que estou tentando descobrir.

— Não contei a ninguém.

— Então como todos estão sabendo?

Quero acreditar em Jason. Quer dizer, acredito nele. Só precisava perguntar se ele havia contado a alguém. Jason obviamente ficou ofendido por eu não confiar cegamente nele, só que mais ninguém sabe!

Blake aproxima mais o rosto do meu.

— Jure pela minha vida que você não contou a ninguém.

Não posso jurar pela vida dele. Isso seria desafiar o Destino. Para que as coisas fiquem bem, preciso contar a verdade. Começando agora.

— Prometa que não vai ficar bravo comigo se eu lhe contar — digo.

— Se me contar o quê?

— Primeiro me prometa que não vai ficar bravo.

— Não posso prometer isso.

— Eu contei a Jason.

— O que...

— Eu não tinha a intenção! Acabei falando sem querer!

— Como se fala sem querer uma coisa dessas? Você me prometeu que nunca contaria a ninguém!

— Jason estava dizendo que achava que você era meu namorado e eu...

— Então você contou a ele que eu sou gay? Não poderia simplesmente dizer que éramos amigos?

— Mas ele disse...

— Não importa o que ele disse! Minha vida acabou! Você entende isso?

Eu nunca vira Blake tão furioso. Nem mesmo depois das piores brigas com o pai.

Meus olhos se encheram de lágrimas.

— Me desculpe. Falei sem querer!

Blake está muito indignado comigo.

— Eu confiei em você — ele diz.

— Ainda pode confiar em mim. Só me deixe explicar. Ele...

— Não precisa explicar — fala Blake. E me dá as costas.

— Espere, deixe eu...

— Nada do que você disser pode consertar esse estrago. Todo mundo está sabendo. Por sua causa.

Blake sai em disparada, para fora da escola.

Atravesso o gramado correndo, atrás dele. É difícil acompanhar os passos de Blake. Ele é muito mais alto do que eu. E está andando tão rápido que preciso correr para me manter ao seu lado.

Tento explicar de novo.

— Por favor, só...

— Como você pôde fazer isso comigo?

— Jason me disse que não contaria a ninguém.

— E veja como tudo terminou!

— Não acho que foi ele quem espalhou a história.

— Você contou a outras pessoas?!

— Não!

— Então quem mais espalharia essa história, Lani? Você era a única que sabia!

— Não sei. Mas não foi Jason. Eu acabei de perguntar a ele na aula de Física e tenho certeza de que não foi ele.

Blake para de andar.

— Muito bem, pense. Onde vocês estavam quando você contou a Jason?

— Aqui.

— Na escola?

— Não havia mais ninguém na sala com a gente...

— Vocês estavam em uma sala de aula?

Aceno com a cabeça, assentindo.

— Em qual?

— Hummm... — Não consigo me lembrar. O dia estava nublado, a sala estava escura. Jason...

— Em qual?

— Na que fica perto da sala do orientador. A 117.

— E não havia ninguém mais lá com vocês?

— Não.

— Tem certeza?

— Tenho.

— Você checou a sala toda?

Eu não havia checado. Afinal, quando se entra em uma sala de aula vazia, escura e não se vê ninguém sentado, é natural que se presuma que ela está vazia.

— Deixa pra lá — diz Blake.

Dessa vez, quando ele vai embora, eu o deixo ir. Se fosse Blake, também estaria indo embora. Alguns dos garotos da escola podem ser bem agressivos. Não consigo acreditar que ainda exista homofobia... A essa altura, esse já deveria ser um conceito arcaico. Por que todo mundo não pode entender que somos todos humanos — diferentes, mas iguais, ao mesmo tempo?

33

Blake não voltou para a escola ontem. O que é péssimo, considerando que foi o primeiro dia e tudo o mais. Ele tem que vir hoje.

Enquanto estou esperando por Blake, na frente da escola, Jason para o carro no estacionamento dos alunos. Observo-o estacionar o jipe. Gostaria que pudéssemos simplesmente ficar juntos. Nunca desejei tanto alguma coisa na vida.

Jason atravessa o gramado na minha direção. Ele tentou falar com Erin novamente ontem, depois da aula. Ela o ignorou. Então Jason tentou telefonar para a casa dela na noite passada. Erin não atendeu. O mesmo aconteceu quando tentei ligar para Blake um número constrangedor de vezes.

— Por que eu simplesmente não conto a ela? — disse, quando Jason me ligou. — Erin obviamente não vai falar com você. Não podemos ficar esperando assim.

— Não estou esperando — argumentou Jason. — Estou pronto para contar a ela.

— E que tal mandar um e-mail?

— Não é certo fazer isso por e-mail.

— Também não é certo que não possamos ficar juntos.

Agora, quando o vejo se aproximar, cada parte do meu corpo anseia por tocá-lo. Mas, se eu fizer isso, todo mundo vai ver.

A não ser que...

Jason se aproxima lentamente. E me olha intensamente. Ele não diz nada. Seus olhos estão do verde mais escuro.

— Me encontre embaixo da escada, na ala de Ciências, antes do almoço — digo. Nosso almoço este ano também é no mesmo horário. Só que, dessa vez, Erin também almoçará na mesma hora. Foi muito difícil ter que me sentar com ela ontem, fingindo que não havia nada errado, enquanto eu ficava olhando disfarçadamente na direção de Jason, que estava sentado três mesas adiante. Esperava que ele também estivesse olhando em minha direção. Como se isso não fosse chato o bastante, neste ano não temos permissão para almoçar fora da escola. Algum aluno do último ano acabou com esse privilégio no final do ano passado, quando armou um tumulto na Blimpie, a lanchonete. Por isso, agora nós estamos sendo punidos. Os alunos do último ano estão presos ao refeitório até o próximo semestre.

Jason concorda com a cabeça e continua andando. Sei que disse que não queria vê-lo até que Erin soubesse a nosso respeito, mas não aguento mais. Só consigo pensar nele. Agora que não podemos ficar juntos, eu o quero cem vezes mais. Estou enlouquecendo.

Blake finalmente aparece, dois minutos antes de o sinal tocar. Ele não está se esforçando para chegar a tempo.

— Por favor, não fique bravo comigo — digo. — Odeio quando estamos brigados.

— Eu me pergunto de quem é a culpa — ele retruca. E passa apressado por mim.

Todas as aulas antes do almoço parecem demorar uma eternidade. Fico encarando o relógio durante a aula de História e quase posso jurar que ele anda para trás.

Assim que soa o sinal, jogo minhas coisas dentro da mochila e corro para a ala de Ciências. Há um esconderijo secreto sob a escada. Não sei se mais alguém sabe a respeito. Eu o descobri um dia, quando estava no nono ano, e fazia um trabalho de Biologia no corredor. Minha bola de isopor rolou lá para baixo.

Enquanto espero por Jason, me concentro em ficar quieta. Se alguém me encontrar escondida embaixo da escada desse jeito, morrerei de vergonha. Não sei o que vou fazer quando ele chegar. Só sei que preciso ficar sozinha com Jason.

Escuto a porta no topo da escada se abrir. Algumas garotas estão rindo.

— É só um boato maldoso — diz uma delas. — Ele não é gay.

— Como você sabe? — desafia a outra garota.

— Hummm, talvez porque ele tivesse uma queda por mim, no ano passado?

— Ele chamou você para sair?

— Não exatamente. Mas me paquerou muito na aula de Química.

— Isso não prova nada.

— Por que ele me paqueraria se fosse gay?

— Alôô! Por que assim ninguém suspeitaria dele?

— Como se isso importasse. Ele estava saindo com Lani.

Prendo a respiração. Quem são essas garotas? Não reconheço as vozes. Será que as conheço? E por que não andam?

— Talvez eles sejam apenas amigos.

— Até parece! Você já os viu juntos?

— Sim, mas...

— Acredite em mim. O que há entre os dois não tem nada de platônico.

A porta abre novamente e uma nova garota fala:

— Onde vocês se meteram? — A voz dela é mais baixa do que a das outras.

— Aqui, é óbvio.

— Blake não está saindo com a Lani? — a primeira garota pergunta.

— Blake é gay — afirma a garota que acabou de chegar.

— Não é não. Ele me paquerou descaradamente no ano passado.

— Que bobagem — falou a menina recém-chegada. — Ryan disse que ouviu Lani dizer que Blake é gay.

— Que Ryan?

— Ryan Campanelli.

— Quando?

— No final do ano passado.

— Até parece que ela iria falar uma coisa dessas na frente do Ryan.

— Não. Ele estava em outra sala. Você sabe que se consegue ouvir tudo o que é dito na 117 da sala de espera do orientador?

— Ah, é verdade. É por causa daquele duto de ar.

— Acontece a mesma coisa entre a 242 e na 244. Tive aula de Comunicação na 242, no ano passado, e dava para ouvir tudo na 244.

— Pois é, Ryan estava indo ver o sr. Bradley, quando ouviu Lani. Ela estava...

A porta de vaivém volta a ser aberta.

— Onde vocês deveriam estar, garotas? — pergunta uma voz de professor. — Vamos!

Escuto as garotas se afastando. Estou louca para ver quem são, mas não há a menor possibilidade de correr o risco de ser vista.

Jason deveria ter chegado há dez minutos.

Alguns segundos mais tarde, a porta volta a se abrir. Jason desce a escada correndo. Sei que é ele sem precisar olhar.

— Desculpe o atraso — ele diz. Então se abaixa e entra embaixo da escada. — Essas garotas demoraram séculos para ir embora. Eu estava...

Eu o beijo.

— Estava com saudades — fala Jason.

— Eu também.

— Vou mandar um e-mail para Erin.

— Mas você disse...

— Eu sei. Mas ela não está me deixando outra escolha.

Eu o beijo de novo.

— Como está indo Blake? — ele sussurra.

— Caramba! — sussurro de volta, louca de vontade de gritar. — Acabei de descobrir quem espalhou o boato sobre Jason. Foi Ryan!

— Ryan Campanelli?

— Sim! Ele estava na sala de espera do orientador quando estávamos na sala 117. E ouviu quando lhe contei sobre Blake.

— Como?

— É possível ouvir tudo o que se diz na 117 da sala de espera do escritório do orientador. Através dos dutos de ar.

— Droga...

— Não consigo acreditar que ele demorou tanto tempo para espalhar a notícia.

— Pelo menos agora sabemos quem foi. E você sabe que não fui eu.

— Eu sabia que você...

Não chego a terminar a frase. Porque Jason está me beijando. E nada mais importa.

34

Quando Jason me liga, mais tarde, para dizer que finalmente mandou o e-mail para Erin, fico aliviada. Ele me encaminha o e-mail, para que eu veja o que escreveu. Resumindo: Jason diz que nunca teve a intenção de magoá-la, mas que quer ficar comigo.

Não imagino o que Erin vai fazer. Bem, na verdade, tenho uma ideia. E é bem assustadora.

Penso em ligar para ela. Levanto o fone e o coloco de volta no lugar várias vezes. É claro que Erin vai ficar furiosa. É claro que vai me odiar. Não há nada que eu possa fazer a respeito. Tudo o que me resta é esperar que ela volte a falar comigo.

E talvez Erin nunca faça isso. Blake ainda não está falando comigo. Tentei ligar para ele mais um monte de vezes, mas ele não atende. É como se houvesse desaparecido da minha vida por causa de um único erro idiota.

Quando o telefone toca, três horas mais tarde, não consigo acreditar que é Erin.

— Oi — digo.

— Oi — ela responde.

Nenhuma das duas diz nada. Só se ouve um zumbido baixo.

— Como vai? — pergunta Erin.

— Tudo bem...

— E como está Blake?

— Ele... não está bem.

— Tenho certeza disso.

Erin não parece zangada. E eu tinha certeza de que estaria. Talvez ela ainda não tenha lido o e-mail de Jason.

— Sabe o que ouvi? — ela pergunta.

— O quê?

— Que foi você quem desmascarou Blake.

— Não, foi Ryan Campanelli!

— Ouvi dizer que foi você, e que Ryan está só repetindo para as pessoas o que você disse.

— Eu só contei a Jason! Não havia mais ninguém lá!

— Ah, então você estava sozinha com Jason?

— Não, nós não estávamos assim... sozinhos. Estávamos apenas sozinhos em uma sala de aula.

— Por quê?

— Ahn... não me lembro.

— E se lembra de mentir na minha cara?

Meu coração dispara.

— Você leu o e-mail de Jason? — pergunto.

— Quero ouvir você dizer.

— Dizer o quê?

— Que é uma vaca mentirosa, que roubou meu namorado.

Meu coração parece prestes a sair pela boca.

— Ele não é mais seu namorado — digo com a voz trêmula.

— Ah, sim. Obrigada por me lembrar.

— Não quis dizer...

— Sabe, tive um pressentimento ruim quando estava subindo no ônibus para o acampamento. Quase falei a respeito. Mas eu confiava em você. Bianca não parava de me dizer que você ficava paquerando Jason na hora do almoço, mas sempre a defendi. Deveria ter imaginado... Por que motivo vocês dois se sentariam sozinhos em uma mesa, daquele jeito?

— Não estávamos fazendo nada de mais. E você não se incomodava por sentarmos juntos.

— Não acredito que lhe disse para fazer companhia a Jason enquanto eu estivesse fora!

— Leia o e-mail dele.

— Já li. E agora toda a turma também pode ler.

— Do que está falando?

— Eu encaminhei o e-mail para todo mundo. Eles precisam saber quem você é de verdade. Precisam saber como roubou meu namorado e mentiu a respeito na minha cara. Não foi nada legal.

Senti o medo me dominar. Sabia que Erin ficaria furiosa, mas isso era demais. Ela reencaminhara o e-mail de Jason para toda a turma do colégio? Era como se eu não a conhecesse mais. Que tipo de pessoa faria uma coisa dessas?

Alguém que tivesse a vida arruinada.

E que agora queria arruinar a minha também.

— E depois de tudo que fiz por você — ela continuou. — Você nem estaria aqui se não fosse por mim.

Essa foi cruel. Erin nunca abordara o acidente dessa forma. Quero dizer, nós conversamos a respeito e, é claro, agradeci a Erin por me manter viva, mas ela nunca havia me dito nada tão brutal antes.

E Erin está certa. Ela significa mais para mim do que qualquer pessoa. Não acredito que deixei as coisas chegarem tão longe.

— Estou muito, muito arrependida — digo a ela. — Farei qualquer coisa para me redimir.

— Qualquer coisa?

— Sim.

— Então pare de se encontrar com Jason.

Como as coisas ficaram assim? Jason contaria a Erin sobre nós, ela ficaria zangada, mas então ele e eu ficaríamos juntos e Erin acabaria superando o assunto. Mas tudo estava dando errado. Ou talvez não. Talvez esse fosse o modo de a Energia me lembrar de tudo o que eu perderia se Erin não fizesse mais parte da minha vida. Eu não perderia apenas uma amiga, perderia uma parte da minha história, perderia alguém que era como uma irmã para mim.

Eu já magoara Erin o bastante. Se ela ainda tivesse que ficar me vendo junto com Jason, isso seria uma tortura ainda maior.

— Está certo — digo. — Não o verei mais. Nem sequer falarei mais com ele.

— Promete?

— Prometo.

— Vou tentar acreditar em você. Não que isso vá mudar o que fez.

— Erin, está acabado. Não vou nem mais olhar para ele.

— Isso é o mínimo que você pode fazer.

— Sinto muito...

— Isso é bom. Mas é uma pena que ninguém se importe. Aliás, divirta-se na escola amanhã. Provavelmente vai ser muito divertido para você.

35

Todo mundo sabe.

Sabe quando se tem certeza de que as pessoas estão comentando a seu respeito? Principalmente pessoas que antes eram suas amigas? Pois é isso o que está acontecendo. Todo mundo pensa que sou um monstro que rouba o namorado da amiga e que não se preocupa se está acabando com a vida dela.

Ninguém sabe a verdade. E não há como contar às pessoas que Erin está mentindo.

Ir até o meu escaninho, no início do dia, antes de nos reunirmos no pátio é um inferno. Algumas pessoas me encaram. Outras viram o rosto quando olho para elas. Algumas riem. Uma garota que nem sequer conheço esbarra em mim. Com força.

Todos me odeiam.

Antes de Erin reencaminhar o e-mail de Jason para todo mundo, ela escreveu no topo da página como eu "planejara" a coisa toda. Erin escreveu que eu queria Jason desde sempre e que o roubara bem debaixo do nariz dela. Erin chegou até a mudar o texto do e-mail de Jason para fazer com que parecêssemos ainda mais cruéis e para que ela parecesse mais vítima. É claro que todos acreditam nela. Afinal, Erin é tão convincente que até mesmo eu quase acredito nela.

Chego ao meu escaninho e me concentro em abrir o cadeado. Não quero olhar para mais ninguém. Não aguento ver tanto ódio nos olhos das pessoas.

Quando Danielle se aproxima, fico muito aliviada. Estava começando a achar que já não me sobrava mais amigo nenhum.

— Oi. Você chegou a ler aquela reportagem? — pergunto a ela. Teremos nossa primeira reunião do ano do One World daqui a poucos dias. Danielle está me ajudando a preparar uma apresentação para os novos membros.

— Sim... ahn... — Danielle pega a reportagem dentro da mochila. As margens estão amassadas. Ela me entrega o papel. — Não posso ajudá-la com isso.

— Por que não?

— Eu só... — Ela olha ao redor. Há um monte de pessoas nos encarando. — ... Não posso. — Então Danielle praticamente foge de mim.

Fantástico. Todos os meus amigos me odeiam agora. Mas não pode ter sido o e-mail horroroso de Erin que fez Danielle me abandonar. Ela não acreditaria em nada daquilo sem falar comigo antes. Tenho que descobrir o que aconteceu.

Depois disso, o dia só piora. É como se ninguém estivesse disposto a me dar uma chance de contar a minha versão. Todos estão presumindo que não haja outra versão. Até mesmo pessoas que não conheço. Como quando faço uma pergunta na aula de Física e duas garotas começam a cochichar. Não preciso ouvir o que estão dizendo para saber que é a meu respeito.

E é muito difícil estar na mesma aula que Jason e não falar com ele. Nem sequer olhar para ele. Temos lugares marcados agora. E ele se senta longe de mim. Resisto à tentação de olhar para ele, para ver se ele está me olhando.

Depois que desliguei o telefone com Erin, na noite passada, liguei para Jason, para lhe contar sobre a promessa que havia feito a ela. Foi uma das conversas mais deprimentes que já tive.

Como se a aula de Física já não houvesse sido horrível o bastante, o almoço foi ainda pior. Depois que escolho a comida, fico parada com a bandeja na mão, procurando um lugar seguro.

Erin está sentada com os Garotos de Ouro, incluindo Bianca. Estão todos ouvindo o que, tenho certeza, é uma descrição bombástica de como sou terrível. Bianca me olha com nojo. Eu sabia que ela estava me espionando, no ano passado, quando eu me sentava para almoçar com Jason. Só não sabia que era baixa o bastante para ir fofocar suas informações deturpadas para Erin.

Blake está sentado com alguns dos nerds de arte. Ele parece tão triste... Há apenas um copo de refrigerante à sua frente. Blake costuma ter comportamento anoréxico em momentos de muito estresse.

Jason está do outro lado do refeitório. Reconheço algumas pessoas da monitoria que estão com ele. Não sei se ele já me viu. Gostaria de poder ir até lá e me sentar com Jason. Queria que as coisas continuassem a ser como foram no verão.

Mas é claro que isso é impossível.

Me sinto muito mal por Jason. É óbvio por que os Garotos de Ouro estão tomando o partido de Erin.

Foi Jason quem mentiu para eles.

Foi Jason quem deu o fora em Erin por carta.

Foi Jason quem os evitou durante todo o verão para ficar comigo.

Mas nenhuma dessas coisas é culpa dele. Nada disso teria acontecido se eu não o tivesse deixado me beijar naquela primeira vez.

Há uma mesa vazia em um canto afastado. É o único lugar seguro para eu me sentar. No meu caminho até lá, passo por uma mesa com alguns lugares vazios. Uma das garotas me olha como se me desafiasse a sentar-me ali. Então ela joga a mochila na cadeira livre ao seu lado, para se certificar de que não aceitarei o desafio.

Sento diante da mesa vazia. Tento parecer que não me importo por estar completamente só. Ou por todos estarem falando de mim. Talvez as coisas não estejam tão ruins quanto estou pensando. Na verdade, apenas o grupo dos Garotos de Ouro me odeia por causa de Erin. Não necessariamente a escola toda. Mas eles são um grupo enorme. E há um número bem grande de outras pessoas que acham que sou uma vagabunda que rouba os namorados das amigas, por isso acabo tendo a sensação de que toda a escola me odeia.

As pessoas me encaram.

Sacudo o meu suco.

As pessoas me encaram ainda mais.

Não consigo abrir a tampa do suco.

Está sendo muito difícil não chorar.

A tampa abre de repente e acabo machucando a mão na borda da mesa. Está sangrando. Eu poderia ir até a enfermaria. Mas, então, teria que passar mais uma vez por todos que estão me olhando. Não consigo fazer isso. Assim, pressiono um guardanapo contra a minha mão para estancar o sangramento.

Ninguém vem se sentar comigo.

Depois de ficar olhando para a mesa por um longo tempo, tento abrir minha mochila para pegar meu saco de nozes. Não consigo rasgá-lo. Meus olhos estão marejados. Digo a mim mesma para acalmar, tento me convencer de que tudo vai ficar bem. Mas é como se ouvisse meu íntimo respondendo: "Isso é uma grande mentira".

Seguro a minha turmalina. Não adianta. Nem um monte de turmalinas conseguiria me equilibrar.

Levanto os olhos na direção de Jason. Ele rapidamente desvia o olhar. Agora é Jason quem está evitando o contato visual.

Finalmente consigo abrir o saquinho de nozes. Tento mastigar um punhado. Tem gosto de papel.

Nunca me senti tão sozinha em toda a minha vida.

É trágico. Todos nós sentados em mesas diferentes. Um odiando o outro. Gostaria de saber como consertar isso.

Jason se levanta.

Minha pulsação dispara. Será que ele vai vir até aqui?

Jason se desvia para jogar fora o que restou na bandeja. Observo enquanto ele amassa a lata de refrigerante de uva. Jason coloca tudo o que é reciclável no recipiente certo, separando cuidadosamente daquilo que vai para o lixo comum. Há algo de muito triste no modo com ele faz aquilo, devagar, como se estivesse completamente exausto. Fica claro que reciclar agora é uma rotina para ele. Jason não parece nem pensar no que está fazendo.

Ele mudou. Por minha causa.

Quando termina, Jason se vira e me pega observando-o. Ele não vem até mim. Simplesmente volta para a sua mesa.

Bianca vem até onde estou.

— Erin me pediu para lhe dizer que quer que devolva a bolsa vermelha dela.

— O quê?

— Você sabe. A bolsa vermelha dela. A que você pegou emprestada dois meses atrás e nunca devolveu.

Aquela garota realmente existia? Erin realmente a mandara para dar um recado, como se ainda estivéssemos no sétimo ano, tendo uma briguinha? Que absurdo!

— Está falando sério?

— Ahn, sim.

— Bem, então você pode dizer a Erin que ela está com toneladas de coisas minhas, que pegou emprestadas, e que as quero de volta antes.

— Vou dar o recado. Ah, e sabe de uma coisa? As pessoas finalmente estão dizendo a Erin o que pensam de verdade de você.

— Que pessoas?

— Todo mundo. Mais especificamente todos que você decidiu que não eram bons o bastante para serem seus amigos.

Como alguém ainda poderia estar irritado por causa daquilo? Afinal, eu não fiz nenhuma declaração pública de que todo o Círculo de Ouro era nojento. Simplesmente me afastei aos poucos deles. Bianca está agindo como se ninguém tivesse permissão para se afastar de ninguém, o que é de uma estupidez incrível.

— Eles estão muito bravos com você — comentou Bianca.

— E o que eu deveria fazer a respeito?

— Nada. Só achei que você deveria saber.

— Muito obrigada.

— Eles já estão chateados com você há algum tempo, mas o que aconteceu agora só tornou as coisas piores. Acreditamos que você e Erin seriam eternamente as melhores amigas para sempre, por isso ficamos calados a seu respeito. Mas agora ela merece saber a verdade.

— Eternamente é redundante.

— Hein?

— Você não precisa dizer "eternamente" quando já disse "para sempre".

Bianca me dá as costas, furiosa, e se afasta.

Nunca entendi por que Erin ainda era amiga de Bianca, mas agora está bem claro. Elas são amigas há tanto tempo que as coisas simplesmente continuam como sempre foram. Mesmo que Bianca tenha se transformado em uma pessoa patética, Erin ainda a vê como sua antiga amiga. Ela não vê quem Bianca realmente é. Está apenas se apegando à lembrança de quem a amiga costumava ser.

Não posso ficar aqui. Tenho que ir embora agora.

Infelizmente não temos permissão para deixar o refeitório durante os últimos dez minutos do almoço. Tem alguma coisa a ver com os adultos terem medo de que, se nos liberarem muito cedo, os corredores acabem cheios de alunos fazendo bagunça. Por que não pensei em ir embora antes? Poderia ter conseguido uma autorização para ir ao banheiro e, então, esqueceria de voltar.

A única maneira de convencer o inspetor a me deixar sair é fazê-lo acreditar que é uma emergência. Isso sempre funciona durante a aula, principalmente quando é um professor substituto. Basta dizer que é uma emergência e o professor nos libera. Mesmo que provavelmente não seja uma emergência. Porque, se realmente for alguma coisa urgente e o professor não liberar o aluno, ele poderá se encrencar. Como se você estiver enjoado, e ele não o deixar sair da sala e você acabar vomitando na sala. Aí a culpa seria dele. Nenhum professor quer se arriscar a ter esse tipo de problema. É ainda mais fácil conseguir ser liberado quando o professor é homem e você é menina. Nenhum professor quer ouvir nada relacionado a questões íntimas femininas.

Um bilhão de olhos me acompanham na direção da porta.

Eu me aproximo do inspetor. Ele é um dos professores mais velhos.

— Posso ajudá-la? — pergunta o inspetor em um tom que parece dizer "não há a menor possibilidade de eu deixá-la sair, então por que está sequer tentando?"

— Posso ir ao banheiro, por favor?

Ele consulta o relógio.

— Faltam oito minutos para o fim do almoço. Aí você poderá ir.

— Mas preciso ir agora.

— Sinto muito. Não posso ajudá-la.

— Por favor. Preciso mesmo ir.

Uma das garotas que está na mesa ao lado da de Erin ouve tudo. Ela grita:

— Sim. Lani precisa mesmo ir ao banheiro. Ela tem uma diarreia realmente forte.

Todos daquele lado do refeitório caem na gargalhada. Meu rosto fica muito vermelho.

Embora aquele não fosse um assunto íntimo feminino, aquele professor obviamente não ia querer lidar com a minha situação. Por isso, ele não discute mais e acena para eu passar.

— Vá em frente — diz o homem.

Abro a porta com força e saio correndo.

O restante do dia é desesperador. Minha mãe me pega no fim da aula, já que não vou pegar carona para casa com Erin. Quase peço a ela para me deixar na casa de Danielle, mas acabo decidindo ir até lá de bicicleta, mais tarde, assim terei como ir embora rapidamente se for preciso. Ir até a casa de Danielle será a melhor maneira de descobrir o que está acontecendo. Ela provavelmente não atenderá se eu lhe telefonar, e realmente preciso saber por que está zangada comigo. Por isso, depois do jantar, vou de bicicleta até a casa de Danielle.

Ela abre a porta. E fica ali, parada, me olhando.

— Posso entrar? — pergunto.

— Por que está aqui? — fala Danielle.

— Porque quero saber qual é o problema.

— Acho que é o mesmo que está incomodando a todo mundo.

— Que sou uma ladra de namorados de amiga, uma malvada? Você realmente acredita nisso?

Danielle dá uma olhada por sobre o ombro.

— Não posso mesmo deixar ninguém entrar agora — ela fala.

— Não vou embora até você me dizer o que aconteceu.

Ela sai de casa, fecha a porta e cruza os braços.

— E então? — pergunto novamente. — Qual é o problema?

— Erin me contou o que você disse.

— O que é que eu...?

— Ela disse que você não quis me convidar para a sua festa de aniversário.

— Eu nunca disse isso!

— O que aconteceu com a ideia de passar seu aniversário sozinha? Você disse que ninguém iria até a sua casa.

— Foram apenas três pessoas. Não foi nada de mais.

— Se realmente não foi nada, então por que mentiu?

— Desculpe. Eu não sabia o que fazer.

— Você poderia ter me convidado.

— Eu ia fazer isso! Foi Erin quem me disse para não fazer.

— E você a ouviu? Por que ela foi e eu não?

— Não chegou a ser uma festa! Só ficamos lá em casa, conversando.

— E daí? Não sou boa o bastante para ficar em casa, conversando, com seus amigos?

— Não! Quero dizer, sim, é claro que você é boa o bastante. Só achei que você não fosse querer ir, foi só isso.

— E por que eu não ia querer?

Não posso admitir que Erin não se dê com Danielle. Erin sempre se ressentiu da minha amizade com Danielle. Não haveria o menor problema para Danielle, se ela tivesse ido ao meu aniversário, o problema seria com Erin. A noite toda teria sido meio constrangedora.

— Você é próxima de Erin? — pergunto. — Ou de Blake? Sobre o que teriam conversado?

— Não é essa a questão. Por que você não me defendeu quando Erin disse para não me convidar? Não somos boas amigas?

— Você sabe que somos. Eu só... tudo isso é tão idiota. Eu deveria ter lhe convidado. Lamento muito não ter feito isso.

— Sim. Eu também.

— Então... amigas de novo?

— Não muito.

— Danielle, sinto muito, de verdade, por não ter...

— Não é só por causa do seu aniversário. Você mentiu para mim quando lhe perguntei se havia alguma coisa entre você e Jason.

— E o que a faz pensar que havia?

— Você foi à escola hoje?

— Vai acreditar em um boato qualquer sem nem mesmo me perguntar se é verdade?

— É verdade?

Não há mais motivo para esconder a verdade.

— Não do modo como Erin está dizendo.

— Não posso acreditar no que você está falando. Por que não confiou em mim?

— Não é que eu não tenha confiado em você. Simplesmente não podia falar a respeito. Com ninguém.

— Nem mesmo com Blake?

Droga. Como Blake estava bravo comigo, ele poderia ter contado a Danielle que sabia sobre Jason o tempo todo. Não posso me arriscar a mentir mais.

— Eu contei a ele, sim — admito. — Mas ele já sabia mais ou menos.

— Por que você não contou a mim?

Balanço a cabeça. É impossível responder a essa pergunta de um modo que não a ofenda. Danielle e eu somos próximas. Tenho certeza de que ela não teria contado a ninguém. Só que eu e Blake somos mais íntimos. Sei com a mais absoluta certeza que posso confiar qualquer coisa a ele.

Ao que parece, há vários graus de confiança.

— Preciso ir — diz Danielle. Ela abre a porta.

— Espere, nós podemos...

Não há como terminar o que eu quero dizer. A menos que queira falar com uma porta que acaba de ser fechada na minha cara.

36

Algumas coisas que estão péssimas:

- Meus olhos estão em um estado de vermelhidão permanente por eu ter chorado durante todo o fim de semana.
- Blake ainda não está falando comigo.
- Erin também não.
- E nem Danielle.
- Não consigo comer sem ter a sensação de que vou vomitar logo depois.
- Jason e eu jamais ficaremos juntos.

Dormir é sempre bom. Enquanto estou dormindo, não penso no quanto a minha vida é infeliz. Mas, então, acordo e lá está tudo de novo, me esperando. Minha vida infeliz.

Não quero me levantar. Não quero ir para a escola.

Mas levanto e vou para a escola de qualquer maneira.

Assim que chego, percebo que deveria ter ficado em casa.

Há um grupo de garotos reunido perto de alguns escaninhos, rindo e conversando. Todos estão com os olhos arregalados... alguma coisa está acontecendo. Passo por eles para descobrir o que todos estão olhando.

É para o escaninho de Blake.

Onde está pintado "Gay" em letras grandes, amarelas.

Não consigo acreditar que alguém ainda faça uma coisa dessas. As pessoas podem ser tão nocivas que sinto meu coração se partir. Por que não podem simplesmente o deixar em paz?

A multidão reunida abre espaço e Blake se aproxima.

Todos param de falar.

Ninguém diz nada para ele. Ficam só observando para ver o que Blake vai fazer.

Ninguém diria que ele viu o que está escrito em seu escaninho. Blake abre o cadeado lentamente, concentrando-se nos números do segredo. Ele tenta fingir que está tudo normal, para que ninguém veja o quanto está sofrendo.

Todos continuam olhando. Estão encarando Blake como se ele fosse algum tipo de animal no zoológico. Ninguém faz nada para defendê-lo.

Vou até Blake e paro na frente dele, encarando a multidão.

— Qual é o problema, pessoal? — digo. — Vocês não têm nada melhor para fazer?

Blake abre o escaninho e pega os livros que estão lá dentro.

— Se quiserem falar sobre mim, vão em frente. Mas deixem Blake em paz.

Ninguém se afasta.

— Vão embora! — grito.

O sr. Bradley se aproxima.

— O que está acontecendo aqui? — ele pergunta. Como a porta do escaninho está aberta, o orientador não vê o que está escrito. — Para o pátio! — ele grita. — Vamos!

A multidão se dispersa. Alguns alunos ficam para trás, determinados a ver Blake ceder à provocação.

Ele fecha o escaninho e encara a palavra pichada.

— Posso ajudá-lo a limpar isso.

— A tinta não vai sair.

— Vai, sim. Posso pegar emprestado aquele limpador industrial que os zeladores usam para limpar as pichações das carteiras. — Os zeladores me adoram. Facilito muito a vida deles com toda a história de reciclagem que o One World faz. Com certeza vão me emprestar o que eu quiser.

— Você acha que vai funcionar? — pergunta Blake.

— Com certeza. Vou pegar.

— Espere. — Blake me abraça. — Obrigado.

Os alunos que ainda estão observando a cena se afastam, desapontados ao verem que o abalo emocional que esperavam não aconteceu. Blake é muito mais forte do que eles podem imaginar. Ele jamais demonstraria o quanto está magoado.

Estava com a esperança de que Blake e eu fôssemos nos acertar depois que limpamos o escaninho. Não conversamos enquanto esfregávamos a tinta. Mas, quando acabamos, ele apenas me agradece de novo e vai para a aula.

Connor é o único que ainda está sendo legal comigo. Ele sempre me faz companhia quando estamos indo para aulas na mesma direção. Também conversamos ou trocamos mensagens toda noite. Connor está muito preocupado comigo. É muito bonitinho da parte dele, mas não quero que acabe com a impressão errada. E se ele acabar achando que, como aparentemente as coisas não funcionaram com Jason, há uma chance de a gente sair junto? Espero que perceba que só quero que sejamos amigos.

Quando Connor disse que passaria na minha casa esta noite, me agarrei à oportunidade de ter um pouco de companhia. O ostracismo é um lugar muito solitário.

Estamos os dois examinando o meu armário, tentando nos decidir por algum jogo. Preciso muito distrair a cabeça.

— Que tal um jogo de cartas? — pergunta Connor.

— Você sabe jogar 500?

— É preciso ter ao menos quatro jogadores.

— Não é, não.

— É claro que é. Se formos o único time, então contra quem vamos jogar?

— Hã?

— Você está falando do 500 franco-canadense, certo?

— Não, estou falando do Rum 500. Há mais de um jogo desse tipo?

— Parece que sim.

— Impressionante.

— Poderíamos tentar algum tipo de arte-terapia. Sempre funciona para mim.

— Isso quer dizer que você não quer jogar Detetive?

— Prefere jogar Detetive ou fazer geleca?

— Geleca!

— Você tem amido de milho em casa?

— Acho que sim...

Passamos a próxima hora voltando no tempo para uma época em que tudo era bem mais simples.

— Está se sentindo melhor? — pergunta Connor.

— Sim e não. Quer dizer, o que fizemos me ajudou muito a tirar tudo o que está acontecendo da cabeça, mas aí, de repente, me lembro de novo e volto a ficar péssima.

— Deve estar sendo muito difícil para você. Principalmente com a história do acidente e tudo o mais.

— Como você sabe sobre o acidente?

— Alguém me contou.

— Quando?

— No ano passado.

— Alguém lhe contou, assim, por nada?

— Não exatamente. — Connor aperta um pouco de geleca. Ela muda do estado líquido para o sólido. — Houve uma vez, na aula de Arte, em que você estava inclinada sobre uma pintura e acabei vendo sua testa, sob a franja. Então percebi uma parte da cicatriz e perguntei a alguns amigos se sabiam o que havia acontecido.

— Ah.

— É por isso que você nunca vai nadar no açude?

— Sim.

— Desculpe. Não temos que falar sobre isso. Não é...

— Não. Está tudo bem. Estou com vontade de falar a respeito.

Conto tudo a Connor. É bom falar com alguém em quem posso confiar e que não está diretamente envolvido. E fico grata por ainda haver restado alguém para me ouvir.

37

— Obrigada a todos por virem — digo. — Vamos nos apresentar e dizer o que fazemos.

O primeiro encontro do One World é sempre empolgante. Nosso clube fica maior a cada ano. Nunca se sabe quem vai se juntar a ele. E algumas pessoas podem nos surpreender.

E também há aqueles que nunca mudam.

Bianca e Marnie continuam rindo. Toda vez que começo a falar, elas riem.

— Alguma coisa engraçada? — pergunto a Bianca.

— Com certeza — ela responde.

Bianca volta a cair na gargalhada.

Continuo a orientação aos novos membros.

— Sou membro do One World desde o nono ano. Como presidente, é meu trabalho informar a vocês sobre os eventos comunitários, como limpezas de parques e campanhas de educação.

Marnie levanta a mão.

— Marnie? — digo.

— Sim, estava imaginando se você também vai nos informar sobre os workshops que irão acontecer.

— Que tipo de workshops?

— Ah, não sei... talvez sobre como roubar o namorado de sua melhor amiga?

Algumas outras garotas riem e sussurram. Nenhuma delas está ao meu lado, a não ser por Sophie, que acaba de se juntar ao clube. Danielle nem sequer me olha. Os garotos (os dois que fazem parte do One World) se mexem na cadeira, constrangidos.

— Talvez — digo —, mas acho que não deveria se inscrever para esse. Nenhum garoto vai querer você mesmo, não importa quantos workshops faça.

Os garotos deixam escapar risinhos abafados. Todos estão olhando para Marnie, esperando para ver o que ela vai fazer.

— Pelo menos não sou uma vagabunda — ataca Marnie.

— Cale a boca, Marnie — diz Sophie.

Volto a explicar sobre o clube e sobre os nossos objetivos para o ano. Ao menos Sophie não é cruel. Infelizmente ela não está no mesmo horário de almoço que eu. Não que eu ainda tenha apetite. Deveria simplesmente deixar de ir ao refeitório. Talvez passe a almoçar embaixo da escada, agora.

Ainda não tenho fome, à noite, quando mamãe grita que o jantar está pronto, mas não tenho como a evitar. Se não descer para o jantar, terei que aturar um bombardeio interminável de perguntas que não quero responder. Por isso, desço depois de alimentar Wallace e Gromit.

Meus pais percebem que há alguma coisa errada. E ficam tagarelando, agitados, sem muito assunto.

— Estes tomates não estão incríveis? — mamãe comenta, animada demais.

— Incríveis — confirma o meu pai.

— Acabei de colhê-los.

— Era de imaginar que a horta estivesse começando a produzir menos.

Eles dão uma olhada para mim. E se entreolham. Acham que não percebo, mas posso senti-los.

Fico olhando para o meu prato, brincando com o garfo, empurrando as batatas.

— Meu bem, você não tocou no jantar — diz mamãe.

— Estou tocando nele — digo. — Só não estou comendo.

— Está se sentindo bem?

— Estou ótima.

— Você precisa comer — diz papai.

— Não estou com fome. Comi demais na hora do almoço.

Eles voltam a se olhar. Tenho certeza de que sabem que estou mentindo. Quando se é pequena como eu, perder mesmo que seja um quilo já faz diferença. E provavelmente perdi mais do que isso desde que as aulas começaram.

— Você sabe que pode conversar conosco — diz mamãe. — Sobre tudo.

— Eu sei.

— Ou... posso levá-la ao centro de saúde se você quiser... para que converse com um especialista.

— Que tipo de especialista?

Eles voltam a se olhar de um jeito esquisito.

— Vocês podem parar de se olhar desse jeito e me dizer o que está acontecendo? — peço.

Papai não vai falar a respeito. Ele espeta outra fatia de tomate.

— Você não anda comendo — mamãe volta a falar. — Estamos preocupados.

— Vocês estão... estão pensando que estou anoréxica ou alguma coisa assim?

— Você está muito magra.

— Não estou com nenhuma desordem alimentar.

— Mas você não está comendo...

— Não é por isso! — Não há como contar a eles o que realmente está acontecendo. É muito constrangedor. — É que... há algumas coisas acontecendo... Eu vou ficar bem.

Eles me deixam sair da mesa. Me escondo no meu quarto pelo restante da noite. Quando vou para a cama, não consigo dormir. Estou inquieta e nervosa. Uma brisa morna entra pela janela. Talvez, se eu der uma caminhada, consiga ficar cansada o bastante para dormir.

Visto shorts e uma camiseta e pego meus chinelos. Então me esgueiro pelas escadas, evitando o degrau que range.

Quando estou prestes a abrir a porta, ouço o barulho das correntes do balanço na varanda. Afasto a mão da maçaneta e espio pela janela.

Blake está deitado no balanço.

Abro a porta devagar, para não o assustar. Ele se senta.

— O que está fazendo aqui? — sussurro.

— Posso ficar aqui esta noite? — pergunta Blake.

— Por que você está...

— Só me diga se posso.

— Sim. É claro.

Sento-me ao lado dele, no balanço. Ficamos assim por um longo tempo antes que ele diga qualquer coisa.

— Não posso ir para casa — diz Blake. — Meu pai me colocou para fora. Tivemos a pior briga de todas hoje.

— Sobre o quê?

— Ele descobriu sobre o meu escaninho.

— Como?

— O sr. Bradley ligou para ele. Infelizmente nosso orientador não parou para pensar que nem todo pai é do tipo compreensivo.

— Eu sinto tanto.

— Não sinta. Agora não preciso mais me preocupar em contar para o meu pai que sou gay.

Blake sempre teve certeza de que o pai o mataria se descobrisse que ele era gay. Eu sabia que o pai dele ficaria furioso, mas não imaginei que algo parecido com isso pudesse acontecer. Que tipo de pessoa coloca o próprio filho para fora de casa?

— Nunca mais vou voltar para lá — diz Blake. — Você acha que eu poderia ficar aqui por algum tempo? Eu pagaria pela comida e tudo o mais.

— Tenho certeza de que sim. Vou falar com a minha mãe, de manhã.

Blake volta a se esticar no balanço, descansando a cabeça sobre uma manta dobrada que tirou do porta-malas do carro.

— Desculpe por eu ter ficado tão bravo com você.

— Está brincando? Tudo o que está acontecendo é culpa minha! Não consigo acreditar em como pude ser tão idiota.

— Você não sabia que Ryan poderia ouvir.

— Eu não pretendia contar a Jason. Estou tão arrependida.

— Foi como meu horóscopo disse na semana passada. Como foi mesmo? Alguma coisa do tipo "Informações que precisam ser divulgadas não podem continuar em segredo para sempre. Agora é hora de mudar".

— Está vendo como o horóscopo sempre acerta?

— É verdade... acho que estou convencido.

Eu levanto e estendo a mão para Blake.

— Você não pode ficar aqui fora. Venha dormir no meu quarto.

— Jason não vai ficar com ciúmes?

— Eu não sabia que você podia ser tão engraçadinho depois da meia-noite.

Como faria muito barulho para inflar o colchão de ar, pego meu saco de dormir. E coloco uma fronha nova em um dos meus travesseiros, para Blake.

— Fique com a cama — digo.

— Não, ficarei com o chão.

— Fique com a cama.

— Você é mandona, não?

Blake se aconchega na minha cama e cai no sono imediatamente. Eu ainda estou agitada com a onda de adrenalina que me atingiu ao encontrá-lo na minha varanda, no meio da noite. Como ele consegue simplesmente apagar desse jeito?

De manhã, encontro mamãe lavando legumes na cozinha.

— Mãe?

— Nossa! — Ela deixa cair uma beterraba na pia. — Você me assustou.

— Desculpe.

— Quer um sanduíche ou o que sobrou do almoço? — ela pergunta. Eu disse à mamãe que quero começar a levar meu almoço de casa, em vez de comprá-lo na escola. Quando ela perguntou o motivo, disse que era porque a comida da escola era nojenta e que o almoço horrível estava estragando a minha saúde. O que é verdade.

— Hummm... um sanduíche está ótimo.

Mamãe volta a lavar os legumes.

— Mãe?

— O que é, meu bem?

— Precisamos conversar.

Sentamos à mesa da cozinha e conto a ela sobre os boatos envolvendo Blake. Deixo de fora a parte em que contei a Jason que Blake é gay.

— Então, Blake pode ficar aqui, não é?

— Pobre menino.

— Eu disse a ele que provavelmente não haverá problema se ele ficar.

— Não acho que seja uma ideia muito boa.

— Por que não?

— O pai de Blake não pode simplesmente o colocar para fora de casa. É ilegal. Nós provavelmente deveríamos chamar a polícia. Ou algum serviço de proteção à criança... terei que pensar a respeito.

— Por que ele não pode simplesmente ficar aqui por algum tempo?

— Se o pai de Blake se recusar a aceitá-lo de volta, as autoridades podem querer que ele fique com outro parente.

Ficar com outro parente não é a solução mais fácil quando só há uma possibilidade. O tio de Blake é o único parente que ele tem. Blake me contou sobre o tio Rick. Ele trabalha no setor de construção, corta lenha para as pessoas antes do inverno e cultiva árvores de natal para vender na cidade.

— O único parente próximo de Blake é um tio dele, que vive, tipo, a uma hora daqui — digo.

— Bem, talvez Blake tenha que se mudar para a casa dele.

— De jeito nenhum! Nesse caso, ele teria que ser transferido para outra escola.

Mamãe apenas balança a cabeça.

— Droga!

— Primeiro vamos ver o que acontece com o pai de Blake. Situações assim tendem a se acalmar depois de alguns dias.

— Não é justo que ele não possa ficar aqui.

— Temos que fazer o que for melhor para Blake.

Olho irritada para ela.

— Tem certeza? Porque parece que você está fazendo o que é melhor para você.

Subo para o meu quarto e enrolo o saco de dormir. Quando Blake sai do banho, ele volta para o meu quarto, secando os cabelos com a toalha.

— Como está se sentindo? — pergunto.

— Bem.

— Bem?

— Sim.

— Pode ser uma pergunta idiota, mas por que está se sentindo bem?

— Você não entendeu? Não tenho mais que ter medo. Não tenho mais que ficar apavorado pensando no que vai acontecer quando meu pai descobrir. Se o que aconteceu é o pior que vai vir disso tudo, então escapei ileso.

— E quanto a todo mundo no colégio?

— Um bando de imbecis. Não tenho tempo para ignorância.

Blake está lidando com a situação bem melhor do que imaginei. Ou está tendo algum tipo de colapso ou assimilou tudo o que aconteceu muito rapidamente.

— Você conversou com sua mãe? — ele pergunta.

Me concentro em amarrar o saco de dormir.

— Ahã.

— O que ela disse?

— Ela disse... — Interrompo o que estou fazendo. — Disse que não.

— O quê? Por quê?

— Porque mamãe está sendo insuportável. — Estou tão furiosa com a minha mãe por não deixar Blake ficar. Em retaliação, estou planejando tomar um banho bem demorado e deixar as luzes do banheiro acesas quando terminar.

— Ao menos posso passar esta noite aqui? — pergunta Blake.

— Posso tentar pedir a ela para que fique mais uma noite, mas...

— Droga — fala Blake. — O que devo fazer agora?

38

O melhor cartaz que fiz para o One World foi rasgado em tiras.

Eu levara duas horas para fazê-lo. As letras estavam perfeitas. Usei oito cores diferentes de glitter. Cheguei até a fazer alguns gráficos bem legais e colei-os no cartaz.

Alguém arrancou o cartaz da parede, rasgou-o todo e espalhou as tiras pelo chão.

Peguei um dos pedaços de papel. Era um planeta Terra que Jason havia feito na nossa noite de artesanato. Eu usara a Terra para fazer o "o" de World. Decorara o planeta com *glitters* verde e azul. Nossa Terra de *glitter* estava perfeita.

É uma pena que a Terra de verdade não seja assim.

Não consigo suportar ir ao refeitório. Só porque não temos permissão para sair do colégio para almoçar não quer dizer que precise comer lá. Estou planejando passar todo o período do almoço fazendo coisas do clube e indo para a biblioteca. A chave é me manter ocupada.

Hoje estou almoçando embaixo da escada. Realmente precisava passar um tempo sozinha. E, se alguém me descobrir, o que me importa? Não podem me humilhar mais do que já fizeram.

Blake almoçaria comigo, mas ele não veio hoje. Minha mãe acabou cedendo e deixou que ele ficasse mais uma noite. O tio Rick veio pegá-lo esta manhã.

Depois de conversar com papai, minha mãe ligou para o serviço de proteção à criança para fazer uma denúncia anônima. Eles disseram que abuso verbal pode ser tão grave quanto abuso físico. Todos os tipos de abuso acabam causando danos emocionais de longo prazo. O pai de Blake vem abusando verbalmente dele desde sempre. Ninguém deveria ter que viver assim.

Então o tio Rick deu um jeito para que Blake ficasse com ele até ir para a faculdade. Não sei bem o que vai acontecer com o pai de Blake, mas estou muito aliviada por eles não viverem mais juntos. O tio Rick mora a 45 minutos de distância e trabalha na direção oposta, por isso Blake precisa pegar o trem para ir e voltar da escola. Os dois estão pegando as coisas dele hoje, enquanto seu pai está no trabalho.

Enquanto Blake e eu estávamos vendo um filme na noite passada, Jason ficou me ligando. A princípio, não atendi. Sabia que se falasse com ele, seria ainda mais difícil manter a promessa que havia feito a Erin. Mas Jason deixou recados dizendo que continuaria ligando até que eu atendesse. Blake disse que Jason já estava sofrendo o bastante e que eu deveria ao menos ouvir o que ele tinha a dizer. Por isso, quando o telefone tocou mais uma vez, atendi e fui falar no meu quarto.

— Você atendeu — disse Jason.

— Eu prometi a Erin que não falaria mais com você.

— Eu sei, mas preciso falar com você de qualquer jeito. Posso ir até aí?

— Não! Ela jamais confiaria em mim novamente.... Disse a Erin na semana passada que não o veria mais.

— Ela não precisa saber.

— Eu saberei.

— Erin é mais importante para você do que eu?

— Isso não é justo.

— O que você vai conseguir provar ficando longe de mim? Erin já sabe que ficamos juntos durante o verão.

— Isso não é razão para tornar a situação ainda pior.

Silêncio.

— Você sabe que estou me sentindo péssima a respeito de tudo isso — digo. — Odeio que tudo esteja como está.

— Então, por que tudo tem que estar assim?

— Porque Erin é a minha melhor amiga! É assim que as coisas são!

— Não, é assim que você está fazendo com que sejam. As coisas podem ser do jeito que quisermos.

— Então você acha uma boa ideia ser visto comigo neste momento? Sermos vistos no colégio, na frente de Erin? Torturando-a ainda mais do que já fizemos? Acha que deveríamos simplesmente andar juntos pelo corredor, de mãos dadas, almoçarmos juntos como no passado e, no fim do dia, você me deixaria em casa?

— Hummm. Sim.

— De jeito nenhum! Isso tornaria tudo ainda muito pior!

— Você não quer mais ficar comigo?

— É claro que quero ficar com você! Sabe que quero.

— Eu achava que sabia. Agora já não tenho mais tanta certeza.

Durante todo esse tempo eu estive tão preocupada sobre como estava magoando Erin que não parei para pensar em como a situação poderia afetar Jason. É claro que eu sabia que ambos estávamos infelizes. Mas, quando disse que não poderia ficar com ele, Jason concordou, mesmo não sendo isso o que queria. Isso é uma boa medida do quanto ele gosta de mim.

— Não quero que as coisas fiquem como estão — disse Jason. — Mas, mais do que tudo, quero que você seja feliz. Se ficar comigo vai deixá-la infeliz, então eu ficarei afastado.

— Não é isso o que estou dizendo.

— É mais ou menos isso, sim.

Essa foi a pior conversa que já tive. Eu não só estava magoando Erin, como também Jason.

Pensei que seria impossível que as coisas ficassem ainda piores até a aula de Comunicação. O lado bom dessa aula é que ela acontece no laboratório de Informática. Podemos ficar usando o computador para o que quisermos, tranquilamente. Bônus: hoje estamos tendo aula com uma professora substituta que nos dá um tempo livre on-line.

Só que esse tempo livre on-line acaba não sendo o descanso da realidade pelo qual eu estava esperando. Quero me enfiar em uma bolha virtual até que o dia escolar termine. O que é difícil quando as pessoas ao redor não param de rir. E de olhar para mim. Quero dizer, de qualquer modo as pessoas estão sempre rindo de mim e me encarando, mas agora elas estão fazendo isso por alguma razão mais específica, obviamente.

Dou uma olhada para uma das telas de computador na mesa em frente à minha. Estou ficando louca ou estou mesmo vendo uma foto minha? On-line. Uma foto horrível que eu jamais postaria em lugar algum.

Aparece uma mensagem instantânea na minha tela que diz: "Quer ver?".

Há um link na mensagem. Clico nele e quando entro no site me sinto imediatamente nauseada. Achei que não seriam tão obscenos.

Estava errada.

O nome do site é Comitê Antivagabundas. Sob a horrível fotografia está a legenda: "Lani é uma vagabunda".

Há ainda mais fotos minhas e vários comentários dizendo o quanto sou desprezível e que, como não consigo arrumar meu próprio namorado, preciso roubar o namorado da minha melhor amiga. Um dos comentários é sobre como acho que sou muito virtuosa por estar salvando o planeta, quando todos sabem que só estou fazendo isso para entrar em uma boa faculdade. Uma outra garota (tenho certeza de que foi uma garota que escreveu isso porque só meninas conseguem ser tão traiçoeiras) denuncia cada atitude arrogante que eu supostamente tive desde o Ensino Fundamental. Por algumas coisas que ela escreve, sei que é Danielle.

Danielle realmente escreveu isso.

Ela era minha amiga.

Então, qual desses comentários Erin escreveu? Foi ela quem criou o site? Na verdade, é impossível dizer quem começou. Talvez tenha sido um grupo de pessoas. Agora que está no ar e todos podem ver, não há nada que eu possa fazer.

Estou muito magoada. Como alguém que já significou tanto para uma pessoa pode passar a não representar nada de um dia para o outro? Achei que Erin seria sempre minha amiga, não importava o que acontecesse. Achei que essa era a única coisa verdadeira com a qual poderia contar.

Isso tudo só prova o quanto a sua vida pode ser rapidamente destruída. Mesmo quando você acha que nada pode ficar ainda pior.

39

Faz uma semana desde que vi o site. Uma semana sabendo que todos já o viram. Outra semana com Erin e Danielle me ignorando. Outra semana evitando Jason, o que é o mais difícil de tudo.

E se esse pesadelo nunca terminar? E se a minha vida for assim daqui para a frente?

Minhas notas estão péssimas. Não tenho conseguido me concentrar em nenhum dever neste ano. O sr. Bradley me chamou ao seu escritório para conversar sobre a queda das minhas notas. Foi engraçado. Tive que prometer me esforçar mais antes de ele me liberar. Não que isso importe. Parece que me tornei especialista em quebrar promessas ultimamente.

Assim que a aula de História termina, Connor corre até a minha carteira, antes que eu consiga escapar.

— Preciso lhe mostrar uma coisa — ele fala.

— O quê?

— Aqui não. O que você tem no próximo tempo?

— Almoço. — Voltei a almoçar no refeitório. Blake me perdoou, por isso estou sentando com ele e com o pessoal de Artes. Eles adotaram Blake por causa de seu talento impressionante como soprador de vidro. Formam um grupo realmente interessante. Estou feliz por poder conhecê-los melhor antes de nos formarmos.

— Venha. — Connor me puxa pelo corredor, na direção da ala de Ciências.

— Aonde estamos indo? — pergunto.

— É segredo.

— Que aula você tem agora?

— Inglês.

— Você está matando a aula de Inglês para fazer isso?

— Algumas coisas são mais importantes.

Então, algo impressionante acontece. Connor me leva até a minha escada secreta e me puxa para baixo dela.

— Não acredito! — digo.

— Sshhh!

— Como você sabe sobre este lugar? — sussurro.

— Todo mundo sabe, não?

— Não! Achei que fosse a única!

— Bem, não é. — Connor pega um bilhete. — Jason me pediu para lhe dar isso.

Jason não vai me deixar. Ele não me ligou durante toda a semana, mas sei que está determinado a me ter de volta. Sabia que ele não desistiria.

Tenho medo de ler o que está no bilhete. Tenho medo de que me faça querer estar com ele ainda mais.

— Ah. — Eu pego o bilhete. — Obrigada. Eu, ahn... vou ler mais tarde. — Enfio o bilhete no bolso de trás da minha calça.

— Há mais uma coisa que quero lhe mostrar. — Connor procura na mochila e pega um caderno em péssimo estado. — Esse era o meu diário, alguns anos atrás.

— Você tinha um diário?

— Os garotos não costumam ter, hein?

— E daí? Eles também não chamam calças de moletom de "calças de correr". Os caras americanos obviamente não têm muita imaginação.

— Eles poderiam melhorar. Só precisam de um pouco de sensibilidade.

— Como se isso fosse possível. — Essa é uma das características que adoro em Jason. Ele é um cara sensível e não tem medo de demonstrar isso. A maior parte dos caras se sentiria humilhado por demonstrar uma mínima fração de sentimento. Jason não é assim.

A prova disso é o bilhete em meu bolso.

Connor folheia o diário. E me mostra uma página. Está toda em francês.

— O que diz aí? — pergunto.

— Essa história entre você e Jason me lembrou de uma coisa. Havia um café do outro lado da rua onde eu morava, em Montreal. Sempre gostei de me sentar lá, na mesma mesa perto da janela, sabe? Todas as mesas tinham aquelas toalhas de papel brancas onde se podia desenhar. Um dia entrei e alguém havia escrito isso na minha toalha.

Connor traduz o texto que está em seu diário. É sobre uma pessoa que não conhece sua alma gêmea, mas está procurando por ela. O cara não desiste e, quando finalmente a encontra, eles sabem que se acharam. Fala que é preciso seguir o coração para encontrar o verdadeiro amor.

— Está vendo esta linha aqui? — Connor aponta para uma parte que diz:

Rien ne va arrêter ma quête pour te trouver.

— Eu fiquei muito impressionado com a intensidade dessa frase — me diz Connor. — Ela diz que "nada vai deter a minha jornada em busca de você". Essa pessoa vai continuar buscando para sempre, se for preciso. Mas você e Jason já se encontraram. Obviamente nasceram um para o outro e não estão juntos. Isso é um problema, não é?

É claro que ele estava certo. É claro que é um problema. E é claro que ele copiou essa frase por uma razão. Connor precisava lê-la para mim. O Destino se certificou de que a mensagem chegasse até mim, vinda de outro país.

Não deve ser nada fácil para Connor dizer tudo isso. Sei o que ele sente por mim. Também sei que está preocupado por eu estar tão infeliz. É como se Connor estivesse colocando os próprios sentimentos de lado por respeito aos meus. Esse é o tipo de pessoa que ele é.

— Muito obrigada por fazer isso — digo. — Provavelmente não é fácil para você.

— Não, não é. Na verdade, quase não lhe mostrei. Mas... só quero que você seja feliz.

Isso foi exatamente o que Jason disse. Que só queria que eu fosse feliz.

É claro que a única coisa que pode me fazer feliz é a única que não posso ter. Quero ficar com Jason mais do que qualquer outra coisa. Mas não posso quebrar a promessa que fiz a Erin.

Ela precisa me perdoar. Sei que não será fácil e que provavelmente terei que esperar um longo tempo, mas Erin precisa me perdoar. O que nunca acontecerá se eu não puder provar que nossa amizade significa mais para mim do que ficar com Jason.

Quando chego em casa, desdobro o bilhete de Jason. Está escrito no nosso código.

Decodificado, o bilhete diz:

"Preciso de você mais perto de mim".

40

Quando se está no último ano do Ensino Médio, todos costumam ficar animadíssimos porque logo a escola vai terminar. Gostaria de me sentir feliz como os outros. Mas ainda não estou "registrando" essa realidade. Daqui a oito meses não é igual a "logo". Junho parece estar a uma vida inteira de distância.

Pensei que o último ano seria muito diferente. Imaginava todos nós, juntos, nos divertindo como loucos, sem nos preocuparmos com trabalhos de casa ou notas depois que já houvéssemos mandado as inscrições para as universidades. Concentrados apenas nas coisas realmente importantes.

Nada parecido com o que está acontecendo.

Connor me entregou o bilhete de Jason há duas semanas. Desde então, choro todas as noites, querendo ele perto de mim.

Como se eu já não tivesse problemas o bastante, não consigo encontrar o trabalho de Inglês que preciso entregar hoje. Deveria estar bem aqui, no meu fichário. Eu até terminei o trabalho um dia antes, já que não tinha nada melhor para fazer.

Viro meu fichário de cabeça para baixo procurando as folhas. Nada.

Depois de ter jogado quase metade do conteúdo do meu escaninho no chão, encontro um bilhete antigo atrás de alguns livros. É um dos bilhetes escritos no código secreto de Jason, do ano passado. Não tenho ideia de como ele foi parar no meu escaninho... pensei que todos os bilhetes de Jason estivessem em minha caixa especial, em casa.

A Energia está realmente me dando um sinal nesse momento.

Mas talvez não seja isso. Coloco o bilhete em uma pasta. E volto a procurar o trabalho de Inglês perdido. Agacho e reviro tudo o que está no chão.

Alguém caminha em minha direção. E fica parado na minha frente.

Reconheço o par de tênis na mesma hora.

— Oi — diz Jason.

É tão bom ouvi-lo falando comigo.

Estou apavorada demais para olhar para ele.

Jason me ajuda a recolher tudo.

— O que aconteceu aqui? Um desses estranhos terremotos que só afetam metade do corredor?

— Alguma coisa parecida.

— Como você está?

— Triste. — Empurro as coisas de volta para dentro do escaninho. Não consigo nem me lembrar do que estava procurando.

— Eu também estou — diz Jason.

Finalmente o encaro. Ele parece que não dorme há dias.

— Não consigo mais fazer isso — diz Jason. — Não posso mais ficar longe de você.

Alguns alunos nos observam desde o momento em que Jason parou perto de mim. Tenho certeza de que estavam comentando o quanto aquilo era escandaloso. "Veja só, não apenas Lani rouba Jason de Erin, como também fica dando em cima dele na frente de toda a escola. Que monstro."

— As pessoas estão olhando — eu sussurro.

— Não me importo — ele diz. — Precisamos ficar juntos.

Minha garganta está muito apertada. Não estou conseguindo dizer o que realmente quero dizer.

Jason chega mais perto.

— Erin já sabe. Já ficou magoada. Você acha mesmo que ela quer que você se sinta tão infeliz?

— Erin não vai ficar furiosa assim para sempre. Só precisamos lhe dar algum tempo.

— Isso já não tem mais a ver com ela. É sobre nós. — Jason me puxa mais para perto dele. — E não me importo que saibam.

Então ele me beija.

Bem ali, no meio do corredor, com todo mundo olhando.

Jason me beija.

Achei que me lembrava de qual era a sensação do beijo dele. Mas isso é irreal.

— Eu te amo — diz Jason.

Todos que estavam nos olhando pararam de falar quando ele me beijou, o que significa que um monte de pessoas acaba de ouvir Jason dizer que me ama.

— Pare de ser assim — fala Jason. — Do que você tem tanto medo?

Estou chocada demais para dizer qualquer coisa.

Todos estão nos encarando. Algumas das minhas coisas ainda estão no chão. Estou atrasada para a aula.

— Ahn... — Recolho rapidamente o restante do meu material, jogo tudo dentro do escaninho e bato a porta. Minhas mãos tremem enquanto tranco o cadeado. — Estou atrasada para a aula.

Sei que Jason quer que eu diga que também o amo, que devemos ficar juntos e que não me importo mais com o que Erin pensa. Mas tudo isso é simplesmente demais para mim.

Ele fica me olhando, esperando ouvir o que não posso dizer. A última coisa que quero fazer é me afastar dele, mas não vejo outro jeito.

Chegar atrasada na aula de Inglês não tem nada de divertido. A sra. Bigelow faz uma cena dizendo que tira pontos de quem se atrasa. Não que isso importe. Minha nota em Inglês está tão baixa que alguns pontos a menos dificilmente fariam diferença.

— Já recolhi os trabalhos — diz a sra. Bigelow. Ela espera que eu lhe passe o meu. Agora terei que admitir que não consegui encontrá-lo. Não há a menor possibilidade de ela acreditar em mim.

— Não consegui encontrar o meu trabalho — digo.

— Como? — pergunta a professora, embora obviamente tenha me ouvido.

— Estava em meu fichário, mas agora não consigo encontrar. Foi por isso que me atrasei.

— Isso não é nada bom.

Ela não acredita em mim. E começa a aula assim mesmo.

Não sei exatamente o que me faz começar a chorar. Talvez seja a frustração de saber que realmente fizera o trabalho, mas agora pareço novamente uma mentirosa. Talvez seja por Jason ter me beijado e ter dito que me amava na frente de todo mundo e eu simplesmente ter lhe dado as costas. Ou talvez seja porque precise vir todo dia para essa escola em que tantas pessoas ainda me odeiam. Acho que tudo isso é o bastante para deprimir alguém.

É claro que sempre trago um pacote de lenços de papel na bolsa... exceto hoje. Não consigo parar de chorar, mesmo que continue dizendo a mim mesma que preciso parar com isso.

A sra. Bigelow para a aula e diz:

— Lani? Você está bem?

Balanço a cabeça para dizer que sim. Tento parecer que estou me acalmando. Mas ela ter perguntado só torna tudo ainda pior.

Alguém no fundo da sala deixa escapar uma risadinha abafada.

A professora pega um permissão para ir ao banheiro e entrega à pessoa que está à minha frente, na fila.

— Passe isso para trás, por favor.

Quando Marnie se vira para me dar a permissão, está com um sorrisinho falso no rosto. Ninguém sente pena de mim. Provavelmente estão todos pensando: "Isso é o que você ganha por ser a vagabunda que é. Ah, e não acreditamos que você realmente tenha feito o trabalho".

E se Erin nunca me perdoar? E se eu ficar afastada de Jason para nada?

Talvez tudo o que aconteça em nossa vida não tenha sido decidido antes pelo Destino. Talvez tenhamos alguma influência no que acontece... Se quisermos alguma coisa com muita intensidade, isso pode mudar nosso destino? Ou as coisas se tornam verdades de qualquer forma, não importa o que façamos?

41

Blake finalmente teve um dia decente no colégio. Ryan Campanelli acabou encrencado por pichar o escaninho dele.

Eu estava preocupada que o responsável pela pichação acabasse se safando porque nada chegara a ser provado. Mas Sophie entregou Ryan. E ele foi suspenso por uma semana. Acho que deveria ter sido expulso, mas a mãe de Ryan é do conselho escolar.

Sophie desconfiou que Ryan fora o responsável, mas não tinha nenhuma prova. Por isso, ficou de olho em Ryan para ver se, de algum modo, ele se entregava. Quando uma pilha de livros caiu de dentro do escaninho dele, entre uma aula e outra, Sophie olhou lá dentro e viu uma lata de tinta em spray escondida no fundo. Ela se aproximou e pegou a lata. É claro que era da mesma cor da que haviam usado no escaninho de Blake.

— Foi você que pichou o escaninho de Blake! — gritou Sophie. Ela levantou a lata para que todos pudessem ver.

O corredor subitamente ficou em silêncio, e todos olharam para eles.

Ryan olhou ao redor e soube que não havia como negar.

— E daí? — ele perguntou.

— Como pôde fazer uma coisa dessas? É horrível, até mesmo para você.

Alguns alunos deixaram escapar risadinhas abafadas.

— E quem se importa — Ryan continuou em um tom agressivo. — As pessoas já estavam falando sobre ele no ano passado. Não fui eu que o tirei do armário.

Sophie perguntou diretamente.

— É mesmo? Você fez isso sim.

Então Sophie perguntou por que Ryan esperou tanto tempo para fazer alguma coisa se ele sabia sobre Blake desde o ano passado. Ryan não precisava explicar nada para ela. Poderia simplesmente ter dado as costas e ido embora. Mas, de um jeito doente, acho que ele sentiu orgulho do que fez. Assim, Ryan disse que, se houvesse contado tudo no ano passado, antes do fim das aulas, ou durante o verão, não teria tido o mesmo impacto. Ele quis esperar até o primeiro dia de aula para que Blake fosse atingido pelo choque de todo mundo falando ao mesmo tempo. Assim, a imagem de Blake ficaria muito mais queimada do que se o boato se dispersasse durante o verão. Sophie me contou que Ryan estava praticamente se gabando de tudo o que fizera.

É assustador como o ódio pode ser poderoso.

Pegar o trem para a casa de tio Rick depois do colégio é mais divertido do que eu imaginara. Detesto saber que Blake passa tanto tempo sozinho no trem, todo dia, por isso prometi voltar com ele algumas vezes.

O trem segue pelos trilhos com seu barulho característico. Observo o cenário ao redor passando rápido. Estou pensando em toda a história guardada ali, em todos os tesouros escondidos que jamais podem ser descobertos. E no quanto Jason ama trilhos de trem. Entendo perfeitamente o que ele vê nos trilhos. Parece que estou a caminho de um novo destino. De um lugar que ainda não conheço, que ainda não consigo ver daqui. Um lugar que reconhecerei no fundo da minha alma quando chegar lá.

— Ouvi que houve uma agitação e tanto no corredor, hoje — disse Blake.

— Não me lembre — respondo com um gemido.

— O que foi? Você não queria ser beijada?

A verdade é que o beijo de Jason me abalou tanto que ainda estou tremendo. Ainda não consigo falar sobre o assunto, por isso digo apenas:

— Não, na frente de todo mundo, não.

— Conversei com Erin.

— Você contou a ela?

— Como se eu fosse fazer uma coisa dessas. Erin já ouvira a respeito, como o restante do mundo.

Deixo escapar outro gemido.

— Conversei com ela sobre você e Jason.

— Não há nenhum eu e Jason.

— Exatamente. Esse é o problema.

— Você é tão irritante.

— Sou? Ou você é que está meio doida?

— Não posso ficar com Jason enquanto...

— Sim, sim. — Blake acena com a mão na minha frente. — Erin salvou sua vida e agora você está em dívida com ela. Mas posso lhe perguntar só uma coisa... como ficar longe de Jason vai recompensá-la pelo que ela fez?

— Não quero magoá-la mais do que já magoei.

— Hummm, a vida é assim. Erin já é bem crescidinha. Pode lidar com isso.

— O que você disse a ela?

— Que não se pode manter almas gêmeas separadas para sempre.

— Você disse isso?!

— É mentira? De qualquer modo, a essa altura, Erin já deve saber disso, só não quer admitir. Afinal, já viu vocês dois juntos.

— O que ela disse?

— Nada. Erin estava indo embora da escola e eu precisava pegar o trem com você.

Isso é mau. Muito mau. Agora Erin deve estar pensando que fui eu que mandei Blake falar com ela. Como se estivesse com medo de eu mesma falar.

— Não se preocupe — disse Blake. — Tudo vai acontecer como deve ser. Se você e Jason estão destinados a ficar juntos, o que obviamente é verdade, então vai dar certo.

Gostaria que fosse assim tão fácil.

A boa notícia é que tio Rick tem uma extensa coleção de filmes. Blake e eu discutimos sobre qual vamos ver.

— Por que não podemos ver *The Puffy Chair*? — digo.

— Porque é chato.

— Não é não! Como pode não achar maravilhoso?

— Hummm... talvez porque seja chato?

— Você tem uma sugestão melhor?

— Que tal *Juno*?

— Eu acabei de rever, lembra?

— Ah, sim. Bem... que tal *O Espelho do Cotidiano*.

— Eu também já vi esse, tipo... umas cinco vezes.

— E então? Ainda é fantástico, não é?

— Concordo.

Faço um pouco de pipoca enquanto Blake coloca o filme. Nos acomodamos no sofá.

— Aquilo ficou bonito. — Aponto para um vaso delicado sobre a mesa de centro.

— Obrigado — diz Blake. — Fui eu que fiz.

— Cara... você tem muito talento...

— Não tanto. Demorei séculos para fazer.

Assistimos a *O Espelho do Cotidiano*. Colocamos a TV nas alturas já que não há ninguém em casa para nos mandar abaixar. O tio Rick só voltará para casa do trabalho daqui a uma hora.

Nem ouvimos quando alguém abre a porta.

Capto um movimento com minha visão periférica e agarro o braço de Blake.

O pai dele está parado na sala, nos olhando.

Ninguém costuma trancar as portas por aqui, durante o dia. Principalmente nessa área que é ainda mais afastada do que a nossa.

— O que está fazendo aqui? — pergunta Blake.

— Eu queria te ver.

— Por quê? Para poder gritar um pouco mais comigo? Para que possa anunciar ainda mais alto que não valho nada?

O pai dele dá uma olhada para mim. Mas não pretendo sair de onde estou.

Blake vai até onde está o pai. Não sei quando isso aconteceu, mas a verdade é que ele agora é mais alto do que o pai.

— Você nunca mais vai me magoar — diz Blake.

— Você mentiu para mim — retruca o pai.

— Quando?

— Por anos. Você disse... Você mentiu o tempo todo.

— Sobre o quê?

O pai não diz nada.

— Sobre o que, papai?

— Você sabe do que estou falando.

— Não consegue nem falar a respeito, não é? Sobre eu ser gay?

Nenhuma resposta.

— Porque eu sou gay, papai? É esse o seu problema? Eu não ter lhe contado a respeito? Por que acha que escondi isso?

— Ei... — O pai de Blake agarra o braço dele.

Blake puxa o braço com força.

— O que você acha? — grita Blake. — Porque você me odiaria se soubesse! Porque me diria coisas terríveis até que eu desejasse estar morto!

O pai dele fica quieto.

— Você tem ideia de como é a sensação de saber que seu próprio pai o odeia? — Blake grita ainda mais alto. — Você deveria me amar! É seu dever! Sou gay e você nem consegue pronunciar a palavra. Não consegue admitir quem eu sou de verdade.

Tenho vontade de correr, abraçar Blake e não o soltar nunca mais. Estou tão impressionada com ele... Blake finalmente está dizendo todas as coisas que sempre quis dizer. Ele superou seu medo.

Este seria um bom momento para que o pai de Blake dissesse ao filho que o ama e que estaria ali para apoiá-lo em qualquer situação.

Para que dissesse que aceita Blake como ele é, porque Blake é seu filho. E que Blake deveria voltar para casa.

O pai de Blake não diz nenhuma dessas coisas.

Ele simplesmente vai embora. Sai pela porta.

— Que bom que eu tenho o tio Rick — diz Blake. Então ele se senta no chão e chora.

Vou até Blake e o abraço. Ele está tremendo.

— Estou aqui com você — digo. — Para qualquer coisa que precisar.

Sinto um alívio enorme por tio Rick estar tomando conta de Blake. Ele aceita o sobrinho incondicionalmente, do modo como as coisas devem ser em uma família. Tio Rick respeita o pai de Blake como irmão, mas odeia o modo como o sobrinho foi maltratado.

Essa é a armadilha de se ter um laço para a vida inteira com alguém. Blake e seu pai estão ligados como eu estou ligada a Erin. Tenho um laço eterno com ela por causa de uma história que vivemos juntas e que nunca poderá ser apagada. Mesmo que quiséssemos negar esse laço, ou fingir que nunca existiu, ele sempre será uma parte de nós. E sempre irá, de algum modo, nos definir.

42

De acordo com a maioria das pessoas, o outono começa no primeiro dia de aula, em setembro. Eu não concordo. Acho que o outono começa quando o sentimos no ar. Como hoje, que o ar está fresco e revigorante.

É oficial. Acabou a última parte do verão.

É difícil ficar em meu quarto por mais do que alguns minutos. É como se eu não pudesse mais suportar ficar confinada em lugar algum. Preciso de espaços abertos, onde possa correr se precisar. Por isso estou fazendo o dever de casa na varanda da frente, espalhada sobre o sofá de vime, com uma manta sobre o colo.

Penso em como Blake encarou o pai. Ele teve tanto medo do pai durante todos esses anos... então, ontem, tudo mudou. Blake encarou seu pior medo. Se não houvesse, enfim, confrontado o pai, o futuro de Blake provavelmente seria outro.

O que significa que temos pelo menos algum controle sobre o nosso destino. Se Blake pode finalmente dizer ao pai o que guardou por tanto tempo, depois de anos de tristeza e sofrimento, então com certeza também posso lidar com a situação que estou vivendo. Meu medo de encarar Erin não é nada se comparado com o que Blake passou. Posso mudar meu destino assim como Blake mudou o dele.

E se quero que as coisas mudem, não posso simplesmente ficar parada aqui esperando. Preciso fazer com que mudem.

Levanto de um pulo e corro para dentro. Ligo para Erin e fico surpresa por ela atender.

— Onde você está? — pergunto.

— Por quê?

— Só me diga onde está.

— Na sorveteria.

— Encontre comigo no Green Pond em quinze minutos.

— O que você...

Eu desligo. Isso só pode ser feito pessoalmente.

O Green Pond fica longe demais para que eu chegue lá, a tempo, de bicicleta. É claro que o carro de papai não está aqui, por isso tenho que ir com o carro de câmbio manual.

Enquanto dirijo para encontrar Erin, fico mais furiosa a cada minuto que passa. Estou com tanta raiva que já deixei o carro morrer sete vezes. Na última vez que precisei ligá-lo novamente, praticamente arranquei a caixa de marchas e a joguei contra o para-brisas.

Quando finalmente chego, Erin já está me esperando. Sua expressão é indecifrável.

Bato a porta do carro. Com força.

Erin está na beira do açude, segurando alguns seixos. Percebo que estava tentando jogar alguns na água quando estacionei. Nenhuma de nós nunca foi muito boa em fazer círculos na água. Mas continuamos tentando.

— Por que você ainda está assim comigo? — pergunto.

— Assim como?

— Agindo como alguém que não conheço.

Erin deixa os seixos caírem e passa as mãos pela calça jeans.

— Não foi você que roubou o meu namorado?

— Não. Comecei a sair com o seu ex-namorado depois que ele terminou com você. Acho que você deveria se ater mais aos fatos.

— Você não deveria ter se envolvido com Jason de jeito nenhum. Que tipo de amiga você é?

— Você é muito egocêntrica! O mundo não gira ao seu redor, Erin! Santo Deus. Você simplesmente... não percebe como afeta as pessoas. Nunca assume a responsabilidade pelo que faz. Tudo tem que ser sempre como você quer. Pois bem, sabe de uma coisa? O restante de nós também quer coisas. Nem tudo diz respeito a você!

Não consigo acreditar que acabo de dizer tudo isso. Quis vir até aqui para fazer as pazes com Erin, e não para deixá-la ainda mais zangada comigo.

— Não tenho que ouvir isso — fala Erin. — Estou indo embora.

— Não! — Eu agarro o braço dela.

— Ei!

— Escute! — digo. — Não tenho mais como me desculpar! Já lhe disse que sinto muito. Não há nada que eu possa fazer. Não posso mudar o modo como são as coisas. E quer saber de uma coisa? Mesmo que eu pudesse, não ia querer. Sinto muito por Jason ter terminado o namoro com você. Mas eu ficar longe dele não resolveu nada.

Erin puxa o braço para se soltar.

Mas não vai embora.

Ela fica.

Erin vem agindo como se eu fosse a única que houvesse errado. E o que ela fez com o e-mail de Jason? Uma coisa é estar zangada com uma amiga. Outra completamente diferente é fazer com que o restante do mundo também odeie a sua amiga.

— Como você pôde encaminhar o e-mail de Jason daquela forma? — pergunto.

— Sei que aquilo foi horrível. Mas estava... furiosa além da conta.

— Não é justo o modo como todos estão me odiando.

— Eu fui longe demais — falou Erin. — Desculpe.

Percebo que ela gira um dos anéis que usa. Erin está nervosa, mas está tentando esconder. Talvez ela não seja tão destemida quanto imaginei.

É nesse momento que percebo o quanto sinto falta dela. Meus olhos se enchem de lágrimas.

— Quanto tempo mais você vai deixar que essa história fique entre nós? — pergunto. — Já estávamos nos afastando antes que tudo acontecesse. Sei que você também sentiu isso.

De repente, Erin começa a chorar.

— Aquela história do site foi errada — ela diz. — Não devia ter acontecido.

— Foi você quem começou?

— Não. Mas sei quem foi. Disse para que ela acabasse com aquilo.

— Quem fez o site?

— Não importa.

Uma onda de pura exaustão me atinge. Toda a minha raiva evaporou, me deixando com a sensação de ser uma flor murcha.

— Não gosto de estar zangada com você — continua Erin.

— Eu não tinha a intenção de magoá-la.

— Eu sei.

— Sabe?

— Sim. Quero dizer, eu entendi, mas isso não fez com que me magoasse menos.

— Eu sinto muito, muito mesmo sobre tudo isso.

— Ouvi sobre o que aconteceu ontem.

— A culpa foi toda de Jason! Eu disse a ele que não podíamos mais nos falar, ou...

— Eu sei — Erin me interrompe. — Mas a questão é que acho que isso talvez não seja justo.

— O que está querendo dizer?

— Você quer ficar com Jason. E ele quer ficar com você. Portanto não é certo que eu os mantenha separados.

— É...

— As coisas entre vocês podem até não dar certo, não sei, mas não quero que me culpe por não ter ficado com ele.

— Você não me odeia mais?

Erin dá um sorrisinho. É a primeira vez que a vejo sorrir desde que todo o desastre começou.

— Não posso odiá-la, Lani. Há muita história entre nós duas.

Esse laço entre Erin e eu deveria significar que seríamos amigas para sempre. Que nada poderia se colocar entre nós. Agora me pergunto se nossa ligação é forte o bastante para isso. Talvez tenhamos nos distanciado tanto que o acidente já não importe mais. Talvez o restante do que temos juntas não seja o bastante. Não sei se nossa amizade é forte o suficiente para sobreviver ao próximo ano, quando estaremos longe uma da outra, na universidade.

Mas...

Nós duas nos conhecemos de um modo que mais ninguém nos conhece. Compartilhamos uma história que nos manteve ligadas. Por isso, tenho esperança para nós.

Só o que posso fazer é ter esperança.

43

Erin e eu conversamos por um longo tempo ontem. Ficamos no lago até escurecer. Mesmo sendo difícil para Erin, ela realmente fez um esforço para que voltássemos a ser amigas.

Ontem parei de esconder o que sinto. Portanto, hoje estou livre.

Pego a minha bicicleta e vou até a casa de Jason. Nem sei se ele está lá. Só sei que preciso estar com ele.

As flores de plástico na cesta da minha bicicleta voam com a brisa. Desço uma colina em alta velocidade e as flores balançam ainda mais.

Quando bato na porta de Jason, ninguém responde. Phil late lá de dentro. Escuto quando ele arranha a porta.

— Não se preocupe, Phil — digo a ele, do outro lado da porta. — Sou só eu.

Phil para de arranhar.

Sento nos degraus da frente da casa e fico esperando Jason voltar. Um pombo selvagem arrulha. Tento descobrir em que árvore ele está.

O sol fica mais baixo no horizonte. Jason ainda não chegou.

Então me dou conta de que talvez eu saiba onde ele está.

Vou até o lugar onde Jason me levou antes de as aulas começarem. Ele disse que esse é o melhor lugar para caminhar pelos trilhos do trem, que aqui se pode deixar o mundo completamente para trás.

Deixo a minha bicicleta perto do jipe dele e procuro os trilhos através das árvores. Vejo de relance uma camisa vermelha e a sigo. Então, tropeço em um galho e passo cambaleando pelo mato alto.

— Bela entrada — diz Jason.

— Achou mesmo? Porque pratiquei muitas vezes.

Jason me observa subir nos trilhos de trem.

Não sei o que eu esperava. Acho que não imaginava que tudo ficaria bem logo. Ainda há muita coisa pesada entre nós. Aquele beijo no corredor. Jason dizendo que me ama. Eu lhe dando as costas... Mas, por algum motivo, apesar dessas coisas, tinha a esperança de que Jason ficasse aliviado por eu estar voltando para ele.

Só que ele não parece aliviado e, sim, chateado.

— Desculpe pelo que aconteceu — digo. — Eu não deveria ter ido embora daquele jeito.

— Então por que foi?

— Eu estava com medo. Não queria quebrar a promessa que havia feito a Erin. Conversei com ela ontem e... não chegamos a resolver tudo entre nós, mas pelo menos Erin percebeu que nós dois devemos ficar juntos.

— Ela disse isso?

— Basicamente, sim.

— Então... e agora?

— Agora podemos ficar juntos.

Jason deixa os olhos se perderem na distância, onde os trilhos desaparecem entre as árvores.

— Você alguma vez levou em consideração como eu me senti quando decidiu que não poderíamos mais nos ver? — ele pergunta. — Tem alguma ideia do quanto foi difícil para mim? Porque doeu de verdade, Lani. Eu concordei porque odiava vê-la tão triste. Mas você nunca me perguntou o que eu queria.

— Eu sei. E lamento por isso também, mas não consegui ver nenhuma maneira de ficarmos juntos.

— Nós deveríamos ter pensado a respeito juntos. Mas você me excluiu. É como se nada nunca fosse o bastante para você. Eu digo que a amo e você simplesmente vai embora. Como pôde fazer isso?

Sinto um aperto de pânico no estômago. Jason tentara me convencer de que deveríamos ficar juntos, apesar de Erin. Agora precisava convencê-lo de que podia estar, de verdade, em um relacionamento.

— Nunca tive um namorado antes — digo. — Ainda não sei bem como lidar com algumas coisas. Acredite em mim. Não tive a intenção de que as coisas fossem de mão única entre nós. Não deveria ter decidido tudo sozinha. Estar com você é tudo o que importa. Você precisa saber disso.

Jason estende a mão para mim.

— Venha — ele diz.

Caminhamos pelos trilhos na direção de onde eles desaparecem entre as árvores. Nosso destino não é claro. Tudo o que sei é que quero que fiquemos juntos.

O Desconhecido é assustador. Sempre terei medo do futuro. Mas a questão é que o Desconhecido também pode ser empolgante. Sua vida pode mudar de um instante para o outro. Mas, às vezes, essa mudança é a melhor coisa a lhe acontecer na vida.

Talvez eu não precise saber qual é o meu destino para conseguir acreditar que tudo vai ficar bem. Talvez não saber seja o que nos mova para frente. Para onde quer que eu vá, saberei que é exatamente onde deverei estar.

Querido Jason,

As palavras não seriam o bastante para fazê-lo entender o quanto sinto saudades de você. Por isso, terei que esperar e lhe mostrar, quando voltar para casa.

Vi um milhão de peixes tropicais, hoje, no mar. A água é tão clara! Obrigada por nunca desistir de mim. Você sempre disse que poderia me ensinar a nadar. Sim, você tem poderes mágicos.

Jason
1623 Green Pond Road
Newfoundland, NJ 07438

Agradecimentos

No instante em que Lani começou a me contar a sua história, tive um ótimo pressentimento a respeito deste livro. Criar um livro é sempre um esforço de equipe, por isso quero agradecer aos membros do meu time.

O SOL

Nada disso teria sido possível sem a minha família Penguin. Gostaria de agradecer especialmente a Kendra Levin e Regina Hayes, minhas magníficas editoras. Foram o talento, a sensibilidade e a percepção delas que garantiram que este livro encontrasse sua melhor versão. Também agradeço de coração a Jillian Laks, Karen Chaplin, Eileen Kreit, Janet Pascal, Abigail Powers, Susan Casel, Jim Hoover, Jana Singer, Samantha Dell'Olio, Courtney Wood, Kim Pranschke e Emily Romero.

O MUNDO

Livros capazes de ajudar os leitores a melhorarem a própria vida, tanto de grandes como de pequenas maneiras, tornam este mundo um lugar melhor. Esses são os tipos de livros que espero escrever. Minha motivação para escrever para adolescentes foi estimulada por livros que conversaram comigo de várias formas incríveis. Quero agradecer aos autores que foram os primeiros a me inspirar a considerar a possibilidade de ajudar a outros leitores do jeito que eles me ajudaram. Meus eternos agradecimentos a Louise Fitzhugh, Sandra Scoppettone, Judy Blume, Shel Silverstein e S.E. Hinton. Quando me sentia completamente só, esses livros foram amigos de verdade.

A ESTRELA

Obrigada aos meus agentes, Gillian MacKenzie e Kirsten Wolf, que fizeram a mágica acontecer. E um último agradecimento a Pierre, que sempre acreditou em mim, mesmo quando eu não acreditava.

Leia também

Bem Mais Perto

1

Hoje vou contar para Scott Abrams que estou apaixonada por ele.

Às vezes, acho que, se ele soubesse, admitiria se sentir da mesma forma. Outras vezes, acho que ele daria tanta risada na minha cara que eu nunca me recuperaria.

Mas...

Poderia ser tão fácil! Simplesmente ir até ele, contar e ver o que acontece. Expor tudo. Finalmente saber como ele se sente em relação a mim.

Provavelmente seria mais fácil se ele soubesse que eu existo.

Durante dois anos, a esperança de que Scott Abrams pudesse gostar de mim me fez ir em frente. É como se eu vivesse dessa energia. A ideia de estar com ele chega a ser quase mais emocionante do que estar com ele de verdade, mas é claro que eu quero que essa fantasia se torne realidade.

A questão é que ele nunca me notou. Pedir desculpas porque esbarrou em mim acidentalmente no corredor, no ano passado, não conta. Por isso, contar a ele que pertencemos um ao outro talvez seja loucura.

Bem, acho que sou louca, porque vou fazer isso de qualquer jeito.

— Você não pode fazer isso — disse April.

Contar para Scott nunca foi um grande plano ou coisa do gênero. Quero dizer, sim, eu pensei nisso todos os dias, imaginei como seria incrível deixar alguém entrar em minha vida. Confiar em alguém completamente. No entanto, nunca pensei que realmente diria para ele como me sinto. Era só imaginação.

Então, ontem, quando April e eu estávamos enchendo balões para o piquenique do segundo ano (ela é o tipo de pessoa que gosta de se envolver em diversas atividades, o que acho bastante irônico), tive a ideia: eu contaria para ele no piquenique da escola. Provavelmente seria o último dia que nos veríamos até o recomeço das aulas. Além disso, era o período perfeito para começarmos a sair, com o verão todo pela frente. A combinação entre estar com Scott Abrams e dois meses de liberdade parecia o máximo!

April não concordou.

— Por que não? — perguntei.

— Pense, Brooke!

April deixou sair o ar de um balão vermelho parcialmente cheio.

— O que acha que ele diria se você contasse?

— Não sei. É por isso que não contei ainda.

— Quantas vezes nós já tivemos esta conversa?

April tinha razão. Ela me escutava falar sobre a obsessão por Scott há dois anos. Ela estava mais do que pronta para uma mudança de assunto.

— Mas você está supondo que ele não gosta de mim só porque nunca conversou comigo — continuei. — Nós não sabemos disso com certeza.

— Você realmente vai fazer isso?

— Vou.

— Depois de tudo o que conversamos?

— É.

— Você não vai se importar...

— Não — disse eu —, não vou me importar se ele espalhar para a escola inteira. E vou contar até para Candice que eu gosto dele. Não posso continuar fingindo que não pertencemos um ao outro.

— Mas como...

— Eu simplesmente *sei*.

Não consigo explicar "O Saber". É algo que sinto há muito tempo. Existem certas coisas que apenas sei, como quando alguma coisa crucial está prestes a mudar minha vida. Só aconteceu comigo algumas vezes, mas, quando acontece, é absolutamente evidente e incontestável. Tenho esta sensação intensa de clareza que força todas as outras coisas a se adequarem ao contexto. "O Saber" não está apoiado pela lógica ou por informações factuais, mas está sempre certo.

Você deve imaginar que April, a esta altura, estaria menos cética em relação ao "Saber", já que somos amigas desde o oitavo ano. Ela sempre esteve presente. Bem, não durante os períodos mais difíceis, mas as coisas aconteceram antes de nos tornarmos amigas.

É por isso que sei que Scott e eu temos de ficar juntos. Nunca tive tanta certeza de alguma coisa em toda minha vida!

Sempre tem teatro no piquenique do segundo ano.

Nos últimos três anos, aconteceram espetáculos muito importantes. Não *importantes* no sentido de "épicos e intensos", e sim no sentido de "horrorosos e errados". No ano passado, Gina Valento entrou em trabalho de parto ao tentar pegar um pão de hambúrguer; a bolsa rompeu e a água espalhou por toda parte, inclusive na horrível sandália masculina do senhor Feinburg. No ano anterior, um garoto quebrou o nariz de outro, que tinha riscado seu carro com uma chave. E, no ano anterior a esse, as calças da senhorita Richter abriram na costura traseira. Rasgou *muito*.

Eu realmente espero não ser parte do maior escândalo do piquenique do segundo ano, sobre o qual as pessoas vão fofocar no ano que vem.

Scott está do outro lado, com alguns garotos do time de lacrosse[1]. Ele não é como eles. Quero dizer, Scott tem cabelos lisos, loiros, olhos azuis bem claros e um metro e oitenta de altura, então ele se entrosa em qualquer grupo de garotos fisicamente privilegiados, mas eu o observo há tempo suficiente para saber quem ele é realmente.

---

[1] Lacrosse é um jogo com dois times de dez jogadores, que usam bastões com cestas curvas nas pontas para pegar, carregar e jogar a bola (N. T.).

Ele escuta atentamente quando as pessoas conversam com ele, irradia autoconfiança de um jeito que faz você querer ser seu amigo, e é muito inteligente.

Se você visse meu boletim escolar, não me acharia nem um pouco inteligente. Mas, se a escola me interessasse o suficiente para eu me importar e tirar notas decentes, as coisas poderiam ser diferentes. Mamãe sempre diz que sou inteligente. O que geralmente é seguido por uma reclamação de como eu deveria estar indo melhor na escola, ou como sou preguiçosa, ou como estou jogando minha vida fora por "não usar todo meu potencial". E aí a parte em que ela diz que sou inteligente fica aniquilada.

Mamãe não era assim tão severa comigo. Antes de papai se mudar, era muito mais fácil me dar bem com ela. Tudo mudou quando ele nos deixou. É como se ele fosse a cola que nos mantinha juntas. Ele foi embora quando eu tinha 11 anos. São longos seis anos de um relacionamento tenso com minha mãe, o qual, eu acho, nós nunca mais vamos conseguir melhorar.

Ele estragou tudo...

April me cutuca.

Eu o estava encarando de novo? Ah, provavelmente encarava ele de novo...

Recado para si mesma: pare de encarar Scott Abrams!

— Você ainda vai fazer aquilo? — pergunta ela.

— Sim.

— Fazer o quê? — Candice interrompe. — Aqui está sua limonada.

— OK, obrigada! — agradeço, pegando o copo. — Hum...

April me dá uma olhada rápida.

— Brooke só estava dizendo que vai comprar aquela bolsa que ela quer — diz ela a Candice.

— Aquela do Mandee? — continua Candice.

— A própria — confirmo. — Nós nos pertencemos.

— Está em liquidação?

— Não, mas só restam duas e sei que, se eu não comprar, vou ficar brava comigo. Estou de olho nessa bolsa há algumas semanas, esperando que entre em liquidação. É preta, com enfeites prateados: minhas cores.

— Ah, olha, a Jill! Vamos perguntar sobre a próxima semana — April puxa Candice.

Eu sei o que April está pensando. A ameaça de me deixar sozinha para fazer papel de boba na frente de Scott é menos grave que a ameaça de me deixar contar para Candice que eu gosto dele. Por isso, April a arrasta dali e olha para trás com olhos suplicantes, tipo: "Não faça isso!".

Scott continua com o time de lacrosse. Não sei como farei para ficar a sós com ele. Ontem, quando tomei a decisão, de repente, de contar para ele, ela não veio com instruções.

Então, Scott vai até a mesa de bebidas. Sozinho.

É a minha chance. Estou nervosa demais. A questão é que pode ser a única chance do dia e, se não aproveitá-la, talvez somente o veja no próximo ano. Eu me forço a ir até ele.

Scott está vasculhando o *cooler*.

— Você está vendo algum *Mountain Dew*?[2] — pergunta ele.

Olho para trás para ver com quem ele está falando.

Somos os únicos aqui.

Scott Abrams está falando comigo.

— Hum... — dou uma olhada nas latas de refrigerantes. — Não, desculpe...

Ele pega um Ginger Ale.

Sempre que estou perto dele, Scott exerce este extremo poder sobre mim. Ele nem precisa estar dentro do meu campo visual para me deixar ruborizada. Só de saber que está no mesmo prédio em que estou, já fico nervosa. Por isso, estar assim tão perto dele faz com que todas as células do meu corpo vibrem, na maior expectativa.

---

[2] Refrigerante não alcoólico, de cor verde-limão característica, fabricado pela Pepsi nos Estados Unidos (N. T.).

Ele está segurando a tampa do *cooler*, mantendo-o aberto.

— Você queria um?

— Ah, é! Certo. Desculpe!

Recado para si mesma: pare de se desculpar.

— É bem fraco — diz Scott.

O que significa que ele continua falando comigo...

— Totalmente.

Eu é que sou fraca. Por algum motivo bobo que nunca entenderei, ainda estou olhando para o *cooler* tentando decidir qual bebida eu quero. O que parece impossível fazer enquanto estou sendo observada pelo garoto por quem sou apaixonada.

Concentre-se! Devo simplesmente me aproximar dele e contar? Ou devo lhe perguntar se pode conversar mais tarde?

— Você faz origami, né? — pergunta Scott.

Espere aí! Como ele pode saber disso? Eu faço dobradura de papel há anos. Minha fascinação por origami começou no sétimo ano, quando a senhora Cadwallader nos ensinou a fazer copos de papel. Continuei até conseguir fazer o pinguim, o dinossauro e o elefante. Atualmente, trabalho em uma família de polvos.

— Faço.

Escolho um Ginger Ale. Scott fecha o *cooler*.

— Como sabe disso?

— Eu vi você — responde ele.

— Viu?

— Você não fez aqueles enfeites para a senhora Litchfield no ano passado?

— Fiz.

— Ficaram muito legais!

— Obrigada!

Eu *não posso* acreditar que ele se lembra disso. E o que ele quis dizer com: "Eu vi você"? "Eu vi o quanto você é comum"? Ou "eu vi você porque também estou apaixonado por você"?

Apesar de todos os assuntos possíveis que listei para conversar com Scott Abrams e de todo o roteiro que planejei caso uma oportunidade como esta surgisse, neste exato momento não consigo pensar em nada que possa mantê-lo interessado na conversa.

Está na hora de arriscar.

— Scott, eu...

— Oi, Abrams, me passa um Dew? — grita Chad.

— Acabou! — grita Scott de volta.

— Me passa uma Sprite!

Scott joga uma para ele. É óbvio que o arremesso é perfeito. E é claro que Chad pega a lata no ar como se fosse a coisa mais fácil do universo. Esses garotos não são do tipo "totalmente esportistas", mas têm uma linguagem corporal esportivo-burguesa na qual nunca serei fluente. Apesar disso, não sou horrível em esportes. Sou flexível e consigo correr bem rápido. Até já corri com meu pai algumas vezes, quando era bem mais nova. Algumas amigas da minha mãe me descrevem como "magra e forte". Eu só não sou adepta de esportes em equipe. Você tem de confiar nas pessoas para pertencer a um time.

— Sim? — diz Scott.

— O quê?

— Você estava dizendo...?

— Ah, não, é só...

O que eu estava pensando? Não posso contar para ele aqui. Alguém pode chegar a qualquer momento. No entanto, também não posso perguntar a Scott se quer dar uma volta ou algo parecido. Seria esquisito, essa foi a primeira conversa que tivemos. Se é que podemos chamar assim.

— Nada — concluo eu.

Ele olha para mim e diz:

— É uma pena que nunca conversamos antes.

— Sempre temos o próximo ano.

— Não, não temos. Bem, *você* tem. Eu vou me mudar.

Para tudo! Scott Abrams está se mudando?

Coração...

Em...

Pedaços.

— Você está... *se mudando*?

— Para Nova York. Detesto não estar aqui no ano que vem, mas meu pai foi transferido.

— Quando?

— Contaram para ele há três meses...

— Não, quando você vai se mudar?

— Na semana que vem.

Um grupo de garotos passa por nós, correndo, com pistolas de água, espirrando um no outro. Minha camiseta fica imediatamente encharcada.

— Que droga! — Scott diz, olhando para a camiseta.

Tudo que consigo dizer é:

— Você não tem ideia.

2

Papai foi muito além.

— Não acredito!

Eu olho para o quarto com cara de boba.

— Isso é incrível!

— Então você gosta? — pergunta papai.

— Você está brincando? Eu *adoro*.

Não sei como papai conseguiu deixar este quarto arrumado para mim em uma semana. Parece que era seu *home office* antes. Agora é meu novo quarto.

Na cidade de Nova York.

A única coisa sobre a qual consegui pensar durante o verão todo foi a mudança de Scott. Como ele nunca saberia o que significa para mim e nunca perceberia que pertencemos um ao outro. Como eu nunca descobriria se ele se sente da mesma forma.

Fico reprisando o que ele disse no piquenique: "Eu vi você. É uma pena que nunca conversamos antes". Uma pessoa não diz isso se não estiver pelo menos um pouco interessada em você. E o jeito que ficava olhando para mim, como se estivesse tentando me dizer alguma coisa... Alguma coisa que eu gostaria de ouvir.

Percebo nosso potencial, o que poderíamos ser juntos. Se ao menos eu tivesse mais uma chance...

Quando meu pai foi embora, ele comprou um apartamento de dois quartos em Greenwich Village. Eu nunca tinha ido lá, mas tinha ouvido dizer que o bairro era incrível. Parecia ser o lugar ideal para mim. Apesar de ser possível avistar, da minha cidade, South Jersey, a silhueta da cidade de Nova York contra o céu, ainda assim parecia tão longe! Viver em Nova York foi meu sonho por muito tempo. Sempre tive a esperança de morar lá um dia, quando minha verdadeira vida começasse. Bem, esta era uma oportunidade para a minha verdadeira vida começar mais cedo.

Era tão importante para mim que liguei para meu pai. Foi uma grande coisa. Não falava com meu pai desde que ele tinha ido embora. Naturalmente, ficou surpreso de ter notícias minhas. Quando nos deixou, tentou me manter como parte de sua vida, mas eu não quis. Não retornei suas ligações, nem fui visitá-lo quando convidou. Depois de um tempo, ele desistiu.

É por isso que ele não acreditou que eu estava ligando.

— Estou tão contente por você ter ligado — disse papai. — Sinto sua falta!

— Bem... sei que foi há muito tempo, mas você se lembra de que falou para mamãe que eu podia ficar com você?

— Sim.

— A oferta é válida ainda?

— Quando quiser!

Claro que não contei a ele sobre Scott. Só falei de como eu precisava de uma mudança e como uma escola melhor me motivaria academicamente.

— Quero muito mudar para outra escola — disse a ele. — Já investiguei a West Village Community on-line...

— É uma das melhores escolas da cidade.

— Eu sei.

— Adoraria ter você aqui — disse papai, todo animado.

Quando forças fora do seu controle assumem a direção, elas levam você a fazer coisas bobas. Ou coisas loucas, como esta que o amor estava me levando a fazer, dando uma total reviravolta em minha vida. Até pensar sobre a mudança era incrível! Mas também me sentia mal, pois estava mentindo sobre a história da escola. Como se me importasse com o lugar onde ia estudar! Porém, era o único jeito de convencer meu pai de que eu tinha um motivo válido para me mudar.

E era o único jeito de convencer minha mãe a me deixar ir.

— Qual é o assunto? — perguntou mamãe, desabando no sofá.

Eu me lembro quando papai costumava desabar no mesmo sofá, exausto após um longo dia de trabalho e da viagem para chegar em casa. É tão estranho ainda estar na mesma casa, com as mesmas coisas, só que sem o papai...

Eu estava muito agitada para sentar. Fiquei perto da mesa de centro, balançando um pouco.

Não conseguia me lembrar da última vez que tinha conversado com mamãe sem me sentir tensa. Desde quando papai nos deixou, é como se não conseguíssemos nem assistir à TV sem "tensão" entre nós, como um hóspede indesejado que diz que vai ficar apenas alguns dias e nunca vai embora.

— Se você não estiver com vontade de conversar... — disse eu.

Não que ela tenha sentido alguma vontade de conversar nos últimos tempos, mas eu já deveria saber que não dá para falar com ela assim que chega do trabalho. Ela detesta seu trabalho. Pessoalmente, não acho que exista algum trabalho que lhe agradasse. Mamãe não trabalhava quando o papai morava aqui. Era uma pessoa muito mais feliz. Então papai foi embora e ela se tornou toda amarga e de mal com a vida.

— Pode ser agora — disse ela.

— Porque nós podemos conversar mais tarde...

— Brooke — mamãe esfregou a têmpora —, o que é?

No canto, o relógio do vovô tiquetaqueou. Os tique-taques pareceram mais altos que de costume.

— OK, tem uma coisa que estou querendo fazer e já planejei tudo, então você nem vai ter que fazer nada. Tudo que preciso é de sua permissão.

— Para quê?

Existem dois assuntos que enfurecem mamãe: escola e papai. Eu os evito o máximo possível, mas, se quisesse ir em frente, teria de falar sobre ambos.

— Não é nada grave! Eu... hum... quero morar com papai por um tempo, é isso. Só durante o terceiro ano.

Mamãe deu uma risada alta.

— Por que você quer fazer isso depois de tudo que ele fez para nós?

— Basicamente? Não me sinto suficientemente desafiada na escola, e você está sempre dizendo que preciso me dedicar mais, que não estou usando todo meu potencial e tudo mais. Mas eu não consigo me esforçar mais, a menos que esteja motivada. Minha escola é horrível! A escola no bairro do papai é excelente.

— Como você sabe?

— Eu pesquisei. Tem muito dinheiro naquela área. Mais dinheiro significa escolas melhores.

— É realmente por isso que você quer morar com ele? Para ir para uma escola melhor?

— É.

De novo, eu estava mentindo, mas não me importava. Ela nunca me deixaria mudar para a cidade e morar com papai só para ir atrás de um garoto.

— Eu tenho que mostrar para as faculdades que levo a sério a ideia de melhorar minhas notas. Além disso, posso escrever sobre minha transferência nas redações dos formulários de inscrição.

Mamãe estava cética.

— Ele disse que podia morar com ele se eu quisesse...

— Eu *sei* o que ele *disse*.

— Então... posso?

— De jeito nenhum!

— Por que não?

— Morar comigo é tão ruim assim que você tem de sair correndo para morar com aquele manipulador filho da mãe?

Será que mamãe não percebia que a raiva estava destruindo sua vida? A mamãe que eu conhecia era tão diferente! Ela costumava plantar flores no jardim da frente na primavera, jogar cartas com os vizinhos e fazer trabalho voluntário no centro de assistência a idosos. De vez em quando, ela até me surpreendia, depois das aulas, com bolachas de creme de amendoim recém-saídas do forno. Aquelas sempre foram minhas tardes favoritas... Eu sentava à mesa da cozinha e fazia minhas tarefas, enquanto mamãe começava a preparar o jantar. Eu me sentia realmente segura, como se nada precisasse mudar um dia.

Era tão ingênua naquela época!

Durante os últimos anos, mamãe foi gradualmente parando de fazer essas coisas. Às vezes, nem a reconheço.

Bati com a perna na mesa de centro, como se, de repente, minha mente não conseguisse controlá-la mais. O controle remoto pulou. Eu gostaria muito que ele tivesse uma tecla: RESTABELECER A CONVERSA.

— Ele não é...

— Você só tem mais um ano. Depois, pode ir para uma faculdade em qualquer lugar.

— Bem, não posso exatamente entrar em *qualquer lugar*, mas...

— Por que você está fazendo isso comigo?

Tão irritante! É sempre algum problema com ela.

— Não é nada com você, mamãe. É comigo.

— Bem, você pode esquecer — revidou ela.

— Acho que não.

— Como?

— Não estou tentando desafiá-la. Você sempre acha isso, mas não quero brigar com você. Só quero ir para uma escola melhor.

— Parece que você já se decidiu — disse ela. — Não posso forçá-la a ficar. Então, se é isso que você quer, ótimo. Deixe-o lidar com a educação da filha, para variar.

— Só quero fazer o que é melhor para o meu futuro — disse eu, em voz baixa.

— Eu não gosto disso.

— Você não tem de gostar.

Então agora estou aqui, morando com meu pai. Vou para uma nova escola, que começa em dois dias. Tudo isso para ficar mais perto de Scott Abrams.

— Minha *designer* de interiores fez um trabalho fantástico! — papai diz. — Não consigo acreditar que este era meu *home office*.

— Ela trabalhou muito rápido.

— É o que você recebe quando paga para ter o melhor.

Faço que sim com a cabeça, como se pudesse entender.

— Meu arquivo costumava ficar aqui. — Papai aponta em direção a uma cômoda grande.

Ela tem aquele cheiro de madeira nova.

— Adorei!

— Ela achou que você ia adorar. É da Crate and Barrel.

— É muito legal. Estava mesmo precisando de mais gavetas.

Papai e eu estamos começando bem, considerando que é a primeira vez que o vejo em seis anos. Acho que nós dois estamos tentando fazer as coisas darem certo. Em minha opinião, não há motivo para drama desnecessário, depois de tanto tempo. Provavelmente por isso, nós estamos sendo tão educados um com o outro. E é por isso que meu pai está me dando este quarto incrível.

continua...